U0068465

# 暫時安全

潛默雙語詩集

Keselamatan Sementara

潛默 (Chan Foo Heng) 著／譯

# 序
# 潛默：脫軌的飛行

溫任平

潛默的電影詩集印行了之後，便忙著他的《紅樓夢》的馬來文翻譯，可沒想到另一部現代詩集正等著他去下筆著墨，不，應該說，等著他在電腦上點擊。

我在好幾個場合提到，現代詩一直在「感」，一直趕著去釋放許多時候是因文造情的各種感覺，可是卻沒留意這些感覺的後面有些甚麼知識、知性抑且哲理性的東西。我也在好幾個場合提到，詩的空間性，舞臺感。我甚至說：詩可以是一齣短劇，讓演員在臺上對話、演出。

潛默的詩是在感性與知性之間尋找平衡的釋出。他的電影詩的探索歷程，有助於他更瞭解故事的重要性。不一定是小說意義的故事性，而是某些情節的鋪陳有助詩的發軔、開展。唯感很容易帶來審美疲勞，惟有故事情節能帶著讀者繼續尋幽探勝。

2018年3月25日，潛默寫〈城堡〉，從那天開始，他即走入密集寫作的寫詩程序。城堡的敘述者（narrator）是會說話的鏡頭，是上帝的眼睛，它（祂）寫出小孩如何用沙築疊城堡的過程：鏡頭，track in，天地漸漸變小，而眼前的城堡漸漸變大。城堡的構築多像烏托邦的建立，而這正是六十四歲的潛默的「利比多」（libido）原動力。

> 「我從低處看你／一舉一動像玩泥沙／你築的城堡／看到沙粒的面貌／上面亮閃閃像一把把刀／你的頸項準備掛上刀痕／而我的轟雷，起初沈悶／人人都悶在心裡／誰指揮了我／我又指揮了誰／天地越縮越小，我／漸漸，不止／看清你／也看到整個沙堡的真貌／影像一片片切入／指揮我未來的手

指／必遙控那一大片土地」

來到人生的最後（也是最重要）的階段，即使是相信永生的潛默，也面對時間的壓力，對過去的緬懷，對當下如何自處的哲學困難。

六十出頭了吧
怎能就此低頭走過

〈與青春同行〉

那個男人，隱藏的
是什麼
我的一張床
這麼多年了，他丟棄它

〈男人〉

我身上散發的魅力
六十出頭之後無法抗拒

〈老少對話〉

倏然轉身，舞已成風
撲在熟悉的記憶深處
張開的花瓣同時展示標誌
我的舞，化成一個永恆
Aloha，親切無比

〈Aloha〉

潛默在他的八十首詩，多次提到「六十歲之後又如何……」明顯是在擺姿態。正如余光中的〈死亡，你不要驕傲〉以及〈與永恆拔河〉，裡頭都充滿了時間的焦慮，他們兩人選擇擺一個雄強的、不在乎的姿態去面對歲月的摧折。

「城堡」的意象在詩人筆下不斷衍異，它可以是虛無飄渺的「遠古」、神奇的「魔鏡」、神祕的「黑森林」或「魔幻世界」，絢麗的彩虹，封閉的孤獨國，一個結結實實的「鐵箱」，甚至是一座「回頭，總望不見自己的首尾」的長城。

潛默在八十首詩裡的人物，很多時候都在等訊息、期待訊號。他像個囚犯，等著突襲、突圍而出，然後他即可從「想飛，變成真正的在飛翔，進入真正脫軌的飛行」。為了追求，人物扮演一步一腳印、充滿幻想力量的蝸牛，不顧一切衝出恢恢天網的逃犯與海盜。作者寫得甚為隱匿，我之所以有能力把這一疊完成於三十天內的八十首詩用聯想綰接起來，是因為我亦曾六十出頭，我亦曾有過想突圍的想望。

我有一個很可愛的美國詩人朋友Mark Strand，他是1990年的美國桂冠詩人，曾榮獲普立茲獎，2014年逝世。馬克永遠不服老，永不言老。Mark多才多藝，在67歲那年還在他主演的電影Chelsea Walls飾演報館倚重的資深記者。他在一首詩裡，居然妙想天開，讓一個死去的老人從死亡甦醒，並參加舞會在遊戲酬酢：

從繁華派對離開，很清楚
儘管已經年逾八十，我依然擁有
一副美好的軀殼……

明乎此，出現在潛默詩裡的60出頭的男人，肌肉結實，能跳舞，踩自行車，能揮拳出擊，魅力四射，令人解頤開懷，就有了說服力，因為「吾道不孤」。

詩人寫〈白髮〉，我還以為是嗟老之作，讀下去才知道完全不是那麼一回事：

「如果你問／世間情為何物／告訴你／它是一頭你遺忘的／

早熟的白髮，在風中飄散／像那隨風的敗絮／含苞昨日的希望／掛在青青的葉子上／升為晴空萬里的繁星／化成純淨的雨露／盼望今夕就是七夕／讓我揮動密密長長的白髮／叫喜鵲吱吱吱地，把它／裁剪成新一座／橫跨天河的橋／橋上，我們把昨日擁抱／明月把所有的白擁抱／再以天國的顏色／擁抱我們」

在詩人筆下，白髮竟然可以「掛在青青的葉子上，升為晴空萬里的繁星……」詩的結尾連喜鵲也登場，明月擁抱所有的白，以天國的顏色擁抱我們，多麼美妙、多麼意想不到。那種樂觀豁達，教人覺得白髮是美，白髮是浪漫，白髮甚至是圓滿。潛默的雙語詩集趕著出版。把我這篇序當作是讀後感吧。限於時間與篇幅，其他不及析論的部分，應該另有高明從容探討，我不再喋喋了。

2018年4月26日

目次

003・序　潛默：脫軌的飛行／溫任平

016・城堡

Kastil

018・都市

Bandar

020・與青春同行

Berjalan Bersama Dengan Keremajaan

022・老少對話

Dialog Antara Tua Dan Muda

024・男人

Lelaki Itu

026・海盜

Lanun

028・逃犯

Orang Pelarian

030・蝸牛

Siput

032・白髮

Uban

034・夢

Mimpi

036・殺手

Pembunuh

038・貶

Turun Pangkat

040・境內境外
Di Dalam Sempadan Dan Di Luar Sempadan
042・側寫AI
AI
044・擂臺
Pentas Pertandingan
046・玩具兵團
Kumpulan Tentera Mainan
048・靜夜思
Berfikir Pada Malam Yang Sunyi
050・控制室
Bilik Kawalan
052・暗影背後
Di Sebalik Bayangan
054・面具
Topeng
056・暴雨
Badai Hujan
058・垂釣
Memancing
060・風訊
Suara Angin
062・飛渡
Terbang Menyeberangi
064・風景
Pemandangan

066・孤獨國

Dunia Bersendiri

068・Aloha

Aloha

070・流落異境

Tercicir Di Tanah Asing

072・大魚

Ikan Besar

074・訊號

Isyarat

076・玩具戰場

Medan Pertempuran Mainan

078・風河谷

Lembah Sungai Berangin

080・絕處逢山

Bertemu Gunung Ketika Menghadapi Impas

082・尋找幸福——記發明魔術拖把的故事

Mencari Kebahagiaan

——Cerita tentang penciptaan pengelap lantai bersulapan

084・美人魚

Duyung

086・無名英雄——電影Hidden Figures觀後

Wira Yang Tidak Dikenali

——Selepas menonton filem *Hidden Figures*

088・綠色想像

Imaginasi Warna Hijau

090・問路

Tanya Jalan

092・戰馬

Kuda Perang

094・剛與柔

Keras Dan Lembut

096・長城

Tembok Besar

098・鐵箱

Peti Besi

100・戰地鴛鴦

Sepasang Kekasih Di Medan Peperangan

102・天網有疏漏

Jaringan Langit Terbocor

104・美與醜

Cantik Dan Hodoh

106・突襲

Serangan Mengejut

108・脫軌的飛行

Penerbangan Yang Tergelincir

110・遠古

Purbakala

112・魔鏡

Cermin Sakti

114・登陸

Pendaratan

116・暫時安全

Keselamatan Sementara

118・魔幻世界

Dunia Sihir

120・黑森林

Rimba Gelap

122・逃難

Mengungsi

124・迷途

Tersesat Jalan

126・再寫迷途

Tulis Lagi Tentang Tersesat Jalan

128・布達佩斯

Budapest

130・離

Perpisahan

132・彩虹

Pelangi

134・海洋

Lautan

136・傷

Sakit Hati

138・偵查

Siasatan

140・米拉貝爾宮和花園

Istana Mirabell Dan Taman

142・華沙老城

Kota Lama Warsaw

144・徒步

Berjalan Kaki

146・邊境

Sempadan

148・想飛

Ingin Terbang

150・活著

Hidup

152・鞋子

Kasut

154・自閉

Autistik

156・極樂空間

Ruang Syurga

158・籠

Sangkar

160・巴克小橋

Buck Bridge

162・回望珠穆朗瑪峰

Melihat Kembali Ke Gunung Everest

164・黑夜

Malam

166・冬日記憶

Kenangan Musim Sejuk

168・美好的缺陷

Kecacatan Yang Indah

170・防線

Garis Pertahanan

172・現代殭屍——記中國人喝鹿血

Zombie Moden——Ingat akan orang Cina minum darah rusa

174・駱駝遊戲

Permainan Unta

# 城堡

我從低處看你
一舉一動像玩泥沙
你築的城堡
看到沙粒的面貌
上面亮閃閃像一把把刀
你的頸項準備掛上刀痕
而我的轟雷，起初沉悶
人人都悶在心裡
誰指揮了我
我又指揮了誰
天地越縮越小，我
漸漸，不止
看清你
也看到整個沙堡的真貌
影像一片片切入
指揮我未來的手指
必遙控那一大片土地
以我的名字

（2018年3月25日）

# Kastil

Aku melihat kau dari bahagian bawah
setiap gerak-geri seperti bermain pasir
kau membina kastil
ternampak rupa pasir
atasnya umpama pisau-pisau berkilau-kilauan
leher kau bersedia digantungi parut luka pisau
dan guruhku, mula-mulanya membosankan
semua orang pengap pada hati
siapa yang memerintahkan aku
siapa lagi yang kuperintahkan?
dunia semakin menjadi kecil, aku
secara beransur-ansur, bukan saja
dapat melihat kau
juga dapat melihat rupa sebenar seluruh kastil pasir
kepingan-kepingan imej masuk ke dalam
perintahkan jari masa depanku
mesti dari jauh mengendali tanah besar itu
dengan namaku

# 都市

都市的景
有些，在
陰暗裡開謝
黑的，有時撲滿芳香而開
白的，有時染滿腐臭而謝
情節，一一放在
大水裡
謝絕所有
可能順流而下的結局
就在漩渦飛舞的地方
忽然一個浪頭打轉
正與邪
可以
殊途而同歸
也算是
圓滿的終結

（2018年3月25日）

# Bandar

Pemandangan bandar
ada yang berkembang dan layu
dalam kegelapan
yang hitam itu, kadangkala berkembang penuh berwangi
yang putih itu, kadangkala layu penuh bertengik
plot, satu demi satu
dimasukkan ke dalam air bah
ditolak semua
kesudahan yang mungkin menurut aliran arus
di tempat lubuk pusar yang berlegar-legar
tiba-tiba gelombang datang berputar-putar
baik dan jahat
yang jalannya berbeza
dapat mencapai destinasi yang sama
boleh dianggap
pengakhiran sempurna

# 與青春同行

怎麼說呢，如今的心境
六十出頭了吧
怎能就此低頭走過
歲月明明沿路招搖
一千一萬個姿態不認老
那些曾經錯過的
如今回首
可以逐步回收
把青春當陽光灌溉
我曾失落的名字與前路
一起來吧，年輕的心
我們跳，我們唱
騎著腳踏車穿戴仿真一樣
把青春熱烈地搖晃在人間
六十出頭後必須換個姿態
從無奈中重拳出擊
尋找時光倒流的空隙
你們的品味是我前頭日子的救星
你們說好不好
讓我永遠
進駐

（2018年3月26日）

# Berjalan Bersama Dengan Keremajaan

Bagaimana nak dikatakan, keadaan hati hari ini
dah melebihi umur enam puluh
tak bolehlah berjalan dengan tunduk kepala saja
begitu jelasnya masa berlagak di sepanjang jalan
beribu-ribu gerak isyarat mengaku dirinya tidak tua
yang pernah terlepas itu
diingat kembali sekarang
boleh beransur-ansur dipulihkan
gunakan keremajaan sebagai cahaya mentari untuk menyiramkan
nama dan masa depanku yang kehilangan
datanglah bersama-sama, hati muda
kita melompat dan menyanyi
menunggang basikal dan memakai secara simulasi
mengayunkan masa muda dengan penuh semangat di dunia
melebihi umur enam puluh, seseorang mestilah mengubah gerak-geri
berjuang dari tidak berkedayaan
mencari jeda kembali ke masa dulu
bau kalian adalah penyelamat masa depanku
bolehkah tak
biarkan aku selama-lamanya
dimasukkan

# 老少對話

歷史原是一個包袱
那是你自個兒的詮釋
我重新給它包裝
外皮是你的
內容是我調理的餡料
暫時讓你享受外在的舒適
那種感覺你絕對回味
一千一萬個理由推辭不了
你看到我赤裸裸的青春
招搖你日夜的思緒
那是你的包袱
你樂意背負
有我身上散發的魅力
六十出頭之後無法抗拒
缺乏的都裝在包袱裡
蠢蠢欲動呢
這個世代，我相中了你
百裡挑一
對焦一個失意的老年
讚美與奉承
步步，足夠你
驚心，但
不動魄

（2018年3月26日）

# Dialog Antara Tua Dan Muda

Sejarah adalah beban
itulah tafsiran kau sendiri
aku mengepeknya semula
kulit adalah milik kau
kandungan adalah isian yang kuuruskan
biarkan kau menikmati keselesaan luarannya untuk sementara
perasaan semacam itu sememangnya kau suka
tak dapat ditolak oleh beribu-ribu alasan
kau melihat masa mudaku secara bulat-bulat
menarik perasaan kau siang dan malam
itulah beban kau
kau gembira memikulnya
daya tarikan pada badanku
tak dapat ditahan umur melebihi enam puluh
yang kurang itu ada di dalam beban itu
rupanya hendak melakukan sesuatu
pada generasi ini, aku memilih kau
daripada beribu-ribu orang
fokus pada seorang lelaki tua yang kecewa
pujian dan sanjungan
langkah demi langkah, cukup buat kau
terkejut, tapi
tak menggetarkan

# 男人

那個男人，隱藏的
是什麼
我的一張床
這麼多年了，他丟棄它
忽又回望
我保留的
還是給了他
鐵一般的臂膀
已結成，如鋼的果實
成串成串的
像細胞裡吐露的精華
從前那條路，一輛車兩個人
到後來他獨自闖關
原來漫漫長路上的滋味
竟是一路掩不住的苦澀
男人，終於以鐵積累意志
以鋼積累愛
重新包圍
我終於還是選擇
曾經惡夢叢生的國度
以一個堅實的
擁抱

（2018年3月26日）

# Lelaki Itu

Lelaki itu, apa yang
disembunyikannya
salah sebuah katilku
dah bertahun-tahun ditinggalkannya
tiba-tiba dia menoleh kembali
yang kusimpan itu
masih diberikan padanya
lengannya sekeras besi
telah menghasilkan buah seperti keluli
gugus demi gugus
bagaikan intipati luahan bindil
jalan yang pernah dilalui, dua orang dalam sebuah kereta
kemudian tinggal dia seorang yang menempuhinya
rasa asal pada jalan yang panjang itu
adalah kepahitan yang terdedah
lelaki itu, akhirnya gunakan besi untuk mengumpul tekad
gunakan keluli untuk mengumpul cinta
mengelilingiku semula
aku akhirnya memilih juga
dunia yang mimpi-mimpinya dihantui
dengan satu pelukan
yang kukuh

# 海盜

看看我的名字，一如其人
此生多是如此暗渡
藉捕浪的故事，餵飽
一輩子的生活
胡碴啊胡碴，可要好好
匿藏我的祕訣，絕不口授
絕不講給會滑翔會唱歌的鷗鳥聽
天地千奇百怪，最妙的落在
我的巧手編造
一個一個的高潮
高過遠遠捲起的多重浪
連那些多舌的鳥兒
隨時成就我搓揉的手指
其間釋出的絕香
哈哈哈哈……看我有時
如何衝上陸地
如同在
海洋

（2018年3月26日）

# Lanun

Lihatlah, nama itu bagaikan rupaku
selalunya hidup ini diharungi secara sembunyi
dengan kisah memburu gelombang untuk mengenyangkan
kehidupan seumur hidup
misai oh misai, perlulah baik-baik
menyembunyikan rahsiaku, janganlah beritahu secara lisan
jangan beritahu burung camar yang meluncur dan menyanyi
dunia adalah ganjil dan pelik, dan yang paling bijak itu terletak pada
rekaan di tangan tangkas aku
klimaks itu, satu demi satu
lebih tinggi daripada gelombang jauh datang bertindih-tindih
malah burung-burung yang suka bergosip
bila-bila saja menjayakan gerak-geri jariku
yang melepaskan aroma istimewa
hahahaha ... lihatlah kadangkala
bagaimana aku menyerbu ke darat
buat seperti di laut

# 逃犯

把一個「仇」字翻轉
讀著沒有悔過的釋義
岸，務須靠攏
即使夜晚沒營造月輝
白天沒運作日光
你尋找石種製造天氣
升起你個人的獨腳旗幟
上空一團火燃燒，紅彤彤一片
你是必須到達彼岸的人
一竹竿打翻
所有水上的船隻
讓你的一隻獨木舟
一雙槳，撐起白晝夜晚
鋪展明天的光環
一個圈，圈在你頭上
溢出絕香，也是絕響

（2018年3月26日）

# Orang Pelarian

Diputarbalikkan perkataan "balas dendam"
baca tafsiran tidak taubat
pantai mesti didekati
walaupun malam tak menghasilkan sinaran bulan
siang tak mengusahakan cahaya mentari
batu pembuatan cuaca kau sedang cari
bendera perseorangan dinaikkan
api membakar di langit , merah murup
kau orang yang mesti sampai di seberang
dengan sebatang buluh menjatuhkan
semua bot di atas air
biarkan jokong kau itu
dengan sepasang dayung menghidupkan siang dan malam
gelang cahaya esok disebarkan
satu lingkaran, dilingkarkan pada kepala kau
tumpahannya beraroma tulen, juga unik

# 蝸牛

蝸牛的觸鬚有一個夢
高高的天空牠要攀爬
另一個夢裡的夢
把高高的天空摘下
放在自己的背上
騰雲駕霧而去
山有多高夢就有多高
最好極速如宇宙飛船
從蝸步到狂飆
衝上雲霄獨逍遙
夢中有現實如雷的掌聲
有打破世界紀錄的蝸牛史跡
背上的殼是渦輪
軟綿綿的足部耍太極
更是渦輪滾動的潤滑劑
而所謂千哩之事，竟然可以
變為一瞬
咫尺可及

（2018年3月26日）

# Siput

Sesungut siput mempunyai mimpi
langit tinggi hendak ia daki
impian dalam mimpi yang lain
ingin mencapai langit tinggi
letakkannya di belakang
melaju pantas di udara
berapa tingginya gunung, begitulah tingginya mimpi
paling baik adalah selaju kapal angkasa
dari langkah siput ke kelajuan liar
memecut ke angkasa bebas tanpa sekatan
terdapat tepukan gemuruh sebenar dalam mimpi
terdapat sejarah siput yang memecahkan rekod duniawi
cangkerang di belakang adalah turbin
kaki lembut bermain *Tai Chi*
lebih-lebih lagi merupakan pelincir turbin berguling
dan apa yang disebut sebagai perkara
yang beribu-ribu batu jauhnya
sebenarnya menjadi sekelip mata saja
dalam jarak berjalan kaki

# 白髮

如果你問
世間情為何物
告訴你
它是一頭你遺忘的
早熟的白髮，在風中飄散
像那隨風的敗絮
含苞昨日的希望
掛在青青的葉子上
升為晴空萬里的繁星
化成純淨的雨露
盼望今夕就是七夕
讓我揮動密密長長的白髮
叫喜鵲吱吱吱地，把它
裁剪成新一座
橫跨天河的橋
橋上，我們把昨日擁抱
明月把所有的白擁抱
再以天國的顏色
擁抱我們

（2018年3月26日）

# Uban

Jika kau bertanya
apakah cinta itu di dunia
beritahulah kau
ia uban yang cepat matang di kepala
yang kau terlupa
terapung di dalam angin
bagaikan serabut kapas rosak ditiupnya
berkuntum harapan semalam
tergantung pada dedaun hijau
naik ke langit luas lagi cerah menjadi bintang-bintang
dan berubah menjadi hujan dan embun bersih
berharap malam ini malam Jejaka Gembala dan Puteri Tenun bertemu
biarkan aku mengayunkan uban yang panjang lagi padat itu
memanggil burung-burung murai yang tak henti bersuara
diguntingnya menjadi sebuah jambatan baru
yang merentasi Sungai Syurga
di jambatan, kami memeluk waktu semalam
bulan memeluk kesemua keputihan
kemudian dengan warna syurga
memeluk kami

# 夢

曾經的夢，夢在天涯
天涯如戰場，羽毛折飛
飛不起今日的身段
都麻痺在現實的場景
如果天外飛來是失落的夢
天涯就在眼前
那場景必定幻化
成插天的火柱雲柱、不滅的魂靈
在我幽深之處投石問路
路在哪兒？仍在戰場
久久久久必有一些流水般的記憶
甦醒，甦醒在一些忽然從天而降的嗎哪
一小片一小片純淨的白，急速降落
在我剛甦醒的夢中，紛紛
卻溫柔地，緊貼我臉上
曾經的歲月，驀然放光，光芒萬丈
那不是神話，而是神的話語
撥開雲霧，成就了我體內
不斷溢出的絕香
終日繚繞

（2018年3月26日）

# Mimpi

Pernah bermimpi, bermimpi di kaki langit
kaki langit bak medan perang, bulu terpatah masih melayang
gaya hari ini tak mampu terbang
semuanya lumpuh di tempat kejadian yang nyata
jika yang melayang dari angkasa itu ialah mimpi yang terhilang
kaki langit tentulah berada di hadapan
tempat kejadian mestilah berubah secara ajaib
menjadi tiang api dan awan api yang dipacak ke langit
serta roh yang abadi
meminta jalan keluar dari dalam jiwaku
di manakah jalan? Masih di medan perang
lama-lama mesti ada ingatan seperti air mengalir
terbangkit, terbangkit tiba-tiba pada beberapa manna
yang turun dari langit
kepingan demi kepingan putih tulen yang kecil, cepat mendarat
di dalam mimpiku yang baru terbangkit, satu demi satu
secara lembut terlekat ketatnya pada mukaku
masa yang pernah dilalui, secara mendadak berseri-seri
sinarannya jauh memanjang
ia bukan mitos, tapi firman Tuhan
menghalau awan dan kabus, mendatangkan aroma badanku
yang tak henti melimpah
berputar-putar sepanjang hari

# 殺手

國際裡的逆流身價
孔隙裡的火炮槍彈
全寫在我的賬單上
細細算來，比一匹布還要長
江湖的氣息尤其芬芳
千哩周遭部署我的信差
從孔隙裡自由泅泳
我隱藏的千哩眼瞄準千哩
千哩送我一個個大禮
用血腥包裹，裡面標榜我的志氣
留下線索，令你百思不得其解
我只是貢獻宅心仁厚的一面
江湖事，江湖了斷
古龍早早替我添上新裝
完美，一無所缺
那麼機密的文字謎語
你必須通過福爾摩斯去瞭解
放大鏡才會放光，澈底照亮
我語言裡的蹊蹺
運籌，不必千哩以外
咫尺，就可致勝
腦袋的過度燥熱
入境者必定自焚

（2018年3月27日）

# Pembunuh

Nilai arus songsong di antarabangsa
meriam dan peluru di liang-liang
semuanya disenaraikan dalam akaunku
dihitung teliti, lebih panjang daripada segulungan kain
suasana dunia perjuangan amatlah berwangi
dalam linkungan beribu-ribu batu jauhnya kutempatkan penghantar mesej
berenang bebas dalam liang-liang itu
keker yang kusembunyikan membidik pada jarak beribu-ribu batu jauhnya
kejauhan yang beribu-ribu batu itu menghantar aku banyak hadiah besar
dibungkus dengan darah, dalamnya dipamerkan cita-citaku
tinggalkan petunjuk yang membuat kau bingung
aku hanya menyumbangkan kebaikan hatiku
hal-hal di dunia perjuangan diselesaikan juga di dalamnya
Gu Long awal-awal lagi telah menambah pakaian baru untukku
sempurna, tanpa kekurangan apa-apa
begitulah teka-teki rahsia itu
kau perlu memahaminya melalui Sherlock Holmes
kanta pembesar barulah dapat bersinar
menerangi keanehan dalam bahasaku dengan sepenuhnya
perancangan, tak perlu buat di tempat beribu-ribu batu jauhnya
sekadar jarak buang batu, kau boleh menang
otak seorang imigran yang terlalu panas itu
tentu akan membakar dirinya

---

Nota: Gu Long, pengarang Taiwan yang terkenal dalam penulisan fiksyen pendekar.

# 貶

官臉破裂後
鐵軌變得更長更長
轟隆馳過，無數荒廢的區域
而你就在那兒偷偷乘涼
歇一歇久旱的心房
別問為甚麼千方百計
數點軌道上的痕跡
因為枯萎的風景裡有不規矩的眼睛
想看透你鋪排的情節
你說：我的愛啊，我們必須
一起解讀時代殘留的機密
究竟失控的是鐵軌呢
還是這個年頭的列車
驛站依然是你最好的歸屬嗎
天地要以怎樣的答案答覆你
你要以怎樣的答案答覆你的身分
一種地位的逆轉
從高處摔到谷底
欲從谷底攀爬上來
原來尋找路向可以另闢蹊徑
列車一趟一趟地轟隆馳過
鐵軌留下一個個故事
分述車廂裡不自由的空氣
猶如一帖帖逃不出的風景
你，一路為自己傾聽
每一故事的結局

（2018年3月27日）

# Turun Pangkat

Setelah muka pegawai terpecah
landasan kereta api menjadi lebih panjang
menderum melalui banyak daerah yang terbiar
dan kau secara sembunyi-sembunyi berehat di sana
untuk sementara menghilangkan kehausan lama dalam jiwa
jangan tanya kenapa dengan pelbagai taktik
ingin mengira jejak-jejak di atas landasan
sebab terdapat mata berniat jahat tersembunyi
di dalam pemandangan yang layu
mahu melihat dengan tajam plot yang kau aturkan
kata kau: kekasihku, kami mesti
bersama-sama menganalisa rahsia yang ditinggalkan oleh era ini
adakah landasan itu di luar kawalan
ataupun kereta api tahun ini
stesennya masih merupakan rumah terbaik untuk kau?
apa jawapan yang diberikan oleh langit dan bumi?
jawapan apa yang kau perlu untuk menjelaskan identiti?
satu kedudukan yang diterbalikkan
terjatuh dari puncak ke jurang yang dalam
mahu naik lagi dari bahagian bawah
barulah tahu mencari jalan boleh gunakan cara baru
kereta api berlalu berkali-kali
landasan meninggalkan cerita demi cerita
masing-masing mengisahkan udara tak bebas dalam gerabak-gerabak
bagaikan pemandangan yang tak dapat dilepaskan
kau, sepanjang jalan mendengar
setiap kesudahan cerita
untuk diri sendiri

# 境內境外

我的夢開了一朵花，在境外
瞬間枯萎，留下一條約法三章的鎖鏈
就此被捆住了嗎，絕境在心裡
幾十年的光景獨沽一種苦味
就那一種找不回的心情，淪落為
今日我夢境裡的殘渣
我期待陽光照耀，掃描每一個過往
把逐漸相斥的夢想和現實拉攏
天門到了必須開啟的時候
時間將敲響急促的警鐘
從殘夢中醒來，黑夜遁走
我從境內橫跨一大步
以飛身而出的一身精裝
重新估量自己在境外的價碼

（2018年3月27日）

# Di Dalam Sempadan Dan Di Luar Sempadan

Sekuntum bunga berkembang dalam mimpiku, di luar sempadan
segera melayu, meninggalkan sekatan pada peraturan yang dipatuhi
adakah ianya terikat begitu rupanya? Terdesaklah hatiku
berpuluh-puluh tahun terasa kepahitan seorang diri
perasaan yang tak dapat dikembalikan itulah, telah jatuh melarat
menjadi sisa-sisa dalam mimpiku ketika ini
aku menantikan matahari bersinar, mengimbas setiap yang lalu
merapatkan impian dan realiti yang beransur-ansur saling menolak
apabila sampai masanya pintu ke syurga mesti dibuka
waktu akan membunyikan loceng kecemasan yang tergesa-gesa
bangun dari sisa-sisa mimpi, malam menghilangkan diri
aku membuat langkah besar dalam sempadan
dengan pakaian halus untuk terbang keluar
menilai semula hargaku di luar sempadan

# 側寫AI

我傾聽心裡金屬的聲音
述說明日智慧昇華的故事
人間世朝向未知走著自己迷失的路
我在路的前端使用全新招數
一個個小小的可能緊緊地抓住
送出去，所有夢想中的棋子
觸手就是明日世界裡燃放的火種
一個如我小小的驅殼
裝載未來生命的版圖
我飛渡，你飛渡，他飛渡
一條條，同往同歸的大道
依時開放

（2018年3月27日）

# A
# I

Aku mendengar bunyi logam hatiku
huraikan kisah distilasi kebijaksanaan hari esok
dunia menghadapi masa depan yang tak diketahui
dan tersesat di perjalanannya
aku menggunakan helah baru di depan jalan
satu kemungkinan kecil ditangkap dengan ketatnya
hantarlah semua taktik yang diimpikan
yang ada di tangan ialah sumber api yang dinyalakan di dunia esok
sebuah badan kerdil seperti aku ini
memuatkan peta kehidupan masa depan
aku terbang, kau terbang, dia terbang
jalan-jalan yang sama arah dan destinasi
terbuka tepat pada masanya

# 擂臺

我的血，找到眼角的出口
模糊了視線
真的，那一刻在眾人圍攏的高臺上
我真的應該回首，看妳
一個回旋，不更美了嗎
緣何如此，總也拿捏不住
讓那少許的血滴
轟然衝破我守住妳的關卡
破了，何止是眼角
而是整個擂臺，和
妳的身影。拳頭已垂下，隨著我的失誤
走向黯然的臺後
那一個美麗的回旋，我期待
眾人期待，天空轉黑了嗎
咫尺變成天涯了嗎
量一量自己的心境，已經
如何了嗎
我決定用另一把尺
量一量我最後錯失回旋的弧度
或者沒有妳期望中的美麗
至少至少，在妳眼裡
滿滿是一片雪亮

（2018年3月27日）

# Pentas Pertandingan

Darahku, dapat mencari jalan keluar dari sudut mata
mengaburkan penglihatan
ya, ketika berada di pentas tinggi yang dikelilingi ramai orang
aku benar-benar perlu menoleh untuk melihat kau
dengan satu putaran badan, bukankah ia lebih indah?
kenapa begitu? Selalunya gagal mengambil haluan
biarkan sedikit darah itu
dengan gemuruhnya memecahkan laluan yang kupertahankan
terpecah, bukan saja sudut mata
tapi seluruh pentas pertandingan dan bayangan badan kau
kepalan tangan terjuntai, diikuti kesilapanku
menuju ke belakang pentas yang suram
putaran yang indah itu, diharapkan aku
diharapkan semua orang, sudahkah langit menjadi gelap
adakah jarak dekat telah menjadi jarak jauh ke kaki langit?
dengan mengukur suasana hati sendiri
bagaimana keadaannya?
aku memutuskan hendak menggunakan pembaris lain
mengukur radian pada putaran yang kuabaikan
mungkin tak seindah yang kau harapkan
sekurang-kurangnya dalam mata kau
ia bersinar-sinar sepenuhnya

# 玩具兵團

或許我們才是最可愛的創造
連征途也是特別的設計
有夢有理想有現實的歷驗
像天生的小丑與笑劇小生
從來不卜算自己的命運
一切自然而天成
莫名的路直上青雲的階梯
一躍而到頂端，如此
輕而易舉造王者
冠蓋迷你的國度
哦，原來只是一幕前奏
主人還沒出場
怎麼竟走進了繁華夢裡
一點唾沫還未流出
很像主人的主人已舔著舌頭
哦，原來我們是蟬
主人，是螳螂嗎？

（2018年3月27日）

# Kumpulan Tentera Mainan

Mungkin kita adalah ciptaan yang paling indah
malah pada perjuangan pun dengan reka bentuk khas
ada mimpi ada cita-cita ada juga pengalaman yang realistik
seperti badut lahir dan pelawak komedi
tak sekali-kali menilik nasib diri sendiri
segala-galanya mengikut semula jadi
jalan yang tak dapat dinyatakan lurus ke kejayaan di hadapan
melompat saja terus sampai ke puncak
begitu mudah untuk mewujudkan raja
menduduki negara kerdil
Oh, ianya hanya satu permulaan
tuannya belum keluar lagi
bagaimana telah masuk ke dalam mimpi yang mewah?
air liur sedikit pun belum mengalir lagi
orang yang rupanya seperti tuan telah menjilat lidahnya
oh, ternyatalah kita ialah riang-riang
adakah tuan itu cengkadak?

# 靜夜思

心裡有些事不能告解
青春的顏色從今夜以後
因你突然的探訪而變異
埋藏夢裡的祕密是否就此敞開
你留下萬哩的線索揚長而去
我怎麼心裡總是七上八落
是心該告解的時候到了
抑或今夜裡還有另一個待解的夢
一夜間的探索在青春背後，終究
變成我期盼中某種心事的昇華
我帶著一絲甜蜜回去夢境
咀嚼那些線索的去向
是否結局就在紙上
一個不可及的烏托邦

（2018年3月27日）

# Berfikir Pada Malam Yang Sunyi

Terdapat sesuatu di dalam hatiku yang tak dapat dinyatakan
kerana lawatan kau yang datang tiba-tiba
warna keremajaan mula berubah malam ini
adakah rahsia yang tersembunyi dalam mimpi itu terbongkar
kau tinggalkan beribu-ribu petunjuk lalu beredar
kenapa hatiku sentiasa tak tentu arah?
adakah sudah tiba masanya untuk dinyatakan
ataupun terdapat mimpi lain untuk dianalisa
penjelajahan sepanjang satu malam di sebalik keremajaan, akhirnya
menjadi distilasi suatu beban fikiran yang kutunggu
aku kembali ke mimpiku dengan kesan manis
berfikir ke mana perginya petunjuk-petunjuk itu
sama ada kesudahannya terdapat di atas kertas
sebuah Utopia yang tak dapat ditemui

# 控制室

哎呀，那種氣怎麼可以賭
還是抬頭看看周遭吧
不是有我滿眼的期待嗎
天空的亮光閃呀閃在我臉上
我要觸摸你的心
你心裡諸般的窄彎
有沒有餘地可以轉向
我要融入你的歷史
往事並不如煙
一一可以上庭作證
你絕對沒有犯罪的記錄
那些心裡曾建構的圖景
還是純淨如剛剛蒞臨的春日
讓我來吧，讓我回去控制室
你依然會喜歡我的演出
我諸般的恩賜，你是知道的
因為我全然是
天使的化身

（2018年3月27日）

# Bilik Kawalan

Oh, tak boleh merasa dengki semacam itu
lebih baik menengadah melihat ke sekeliling
bukankah terdapat harapanku penuh mata?
cahaya langit bersinar-sinar di wajahku
aku mahu menyentuh hati kau
adakah semua selekoh sempit di dalam hati
beruang untuk ditukar arah?
aku ingin disepadukan ke dalam sejarah kau
kisah lalu tak seperti asap
satu demi satu dapat memberi bukti di mahkamah
kau sama sekali tak mempunyai rekod jenayah
adegan-adegan yang pernah dibina dalam minda
masih murni bagaikan musim semi yang baru tiba
biarkan aku, biarkan aku kembali ke bilik kawalan
kau masih suka akan pertunjukanku
semua kurniaanku itu, kau memang tahu
kerana aku betul-betul
penjelmaan malaikat

# 暗影背後

暗影背後，一線光短暫停留
一朵花開在眼底
合起雙眼，記憶像螞蟻
爬過赤裸裸的身體
那線光終於隱逝
暗影背後更多暗影重疊
花忽在遠處遺失香氣
你重新估計
距離在重山之後還有重山
雲霧繚繞遮掩
一如你的面具
必須一層一層剝下
把真正面目還給自己
一線光重新
破雲而出
在暗影背後
花的距離，繼續
趨近，重又嗅到
貼鼻的香

（2018年3月27日）

# Di Sebalik Bayangan

Di sebalik bayangan, satu garis sinaran bersinggah sekejap
sekuntum bunga mekar di mata
tutup mata, ingatan bagaikan semut
mendaki badan telanjang
sinaran itu akhirnya lenyap
di sebalik bayangan terdapat banyak bayangan bertindih-tindih
bunga tiba-tiba kehilangan aroma di kejauhan
kau menganggarkannya semula
terdapat gunung-ganang di sebalik gunung-ganang
dikelilingi dan ditutupi awan dan kabus
seperti topeng kau
mesti dikupas lapisan demi lapisan
mengembalikan wajah sebenar kepada diri sendiri
satu garis sinaran, sekali lagi
memancar keluar dengan memecahkan awan
di sebalik bayangan
jarak kuntum bunga itu, terus
mendekati, terhidu lagi
aroma yang terlekat pada hidung

# 面具

襲人的花氣，凝聚嚮往的路上
往一座廬山投奔而去
識得廬山嗎，已經身在其中了
原來它用自己的內在
製成一張面具
又偷偷藏起
你的十指何等輕柔
像微風輕輕梳理
山終於揭開它的謎底
答案你放在心房的脈搏
與生命一起躍動
四圍的空氣響應
興奮如
泉湧

（2018年3月27日）

# Topeng

Bau bunga yang menyerang orang, bertimbun di jalan yang didambakan
menuju ke arah Gunung Lushan
kenalkah Gunung Lushan? Kau dah berada di dalamnya
ternyata ia menggunakan batinnya sendiri
dibuat menjadi topeng
disembunyikan pula secara diam-diam
begitu lembutnya jari kau
perlahan-lahan menyikat buat seperti angin
gunung akhirnya membongkar teki-tekinya
jawapan itu kau letakkan di denyut nadi
meloncat bersama jiwa
disambut oleh udara di sekitar
keseronokannya
meleleh seperti mata air

# 暴雨

誰放逐暴雨在我腦中
衝擊我整個天空變得處處裂縫
叫我如何縫補過去留下的印記
我踩著爛泥而來
另一輪暴雨預示在前方
我已無力測量它的厚重
是否必須再一次倒在它腳下
重新接受另一輪更激烈的衝擊
爛泥裡的影像模糊而重疊
沒有跡象顯示清醒就在頃刻間
原來啊，處處都是再生的陷阱
腦無從測度黑影距離的長短
而我竟應聲倒在最短的路途上
急促而最需要用行動來表白
鏡子摔破了，裡面的是我嗎
抑或你的黑影還在跟我兜圈子
我和你的距離竟然就在咫尺間
你逃離我，而我只想衝前抱著你
我們握握手吧，卸下又如何？
你語言中的場場暴雨
每一次我都咀嚼得滴水不漏
因為故事還沒結束呢，你說

（2018年3月27日）

# Badai Hujan

Siapa yang melepaskan badai hujan di kepalaku
impak terhadap seluruh langitku membawa retakan di mana-mana
bagaimana aku dapat menutupi jejak yang tertinggal masa lalu
aku datang dengan memijak lumpur
satu lagi badai hujan diramalkan berada di depan
aku tak dapat mengukur tebal beratnya
adakah perlu kujatuh di bawahnya lagi
dan menerima semula impak yang lebih hebat?
imej di dalam lumpur adalah kabur dan bertindih
tiada tanda menunjukkan kebangkitan berlaku dalam sekejap
ternyatalah selalu ada perangkap yang diulangi
otak tak dapat mengukur panjangnya jarak bayangan
dan aku sebenarnya jatuh di jalan terpendek
paling memerlukan tindakan untuk penjelasan
cermin terpecah. Adakah aku di dalamnya?
atau bayangan kau masih berjalan berkeliling aku
jarak antara aku dengan kau masih dekat sekali
kau melarikan diri dari aku
dan aku hanya mahu berterpaan memeluk kau
marilah berjabat tangan. Bagaimana kalau dilepaskan semua beban?
badai-badai hujan dalam bahasa kau
setiap kali kukunyah dengan sepenuhnya
kerana cerita belum selesai lagi, kau kata

# 垂釣

我很想飛，在數字上
醒著，一個翱翔的夢
陽光在外，在垂釣的海邊
數字在內，在陰暗的心角
我出擊的風聲
已成為眼裡的絕響
我在陰暗裡哭泣
卻在陽光下覺醒
垂釣可以用另一種心情
尋找心靈的慰藉
我找到了嗎
那個很像我的男人
甩開數字走出來
帶著一陣風的魚餌來到
涼了我的心
溫暖漸漸升起

（2018年3月27日）

# Memancing

Aku benar-benar ingin terbang atas angka
satu mimpi yang melayang tinggi telah terjaga
cahaya mentari berada di luar, di pantai untuk memancing
angka berada di dalam, di sudut hati yang gelap
bunyi seranganku
telah pupus di mata
aku menangis dalam kegelapan
tapi terbangkit dalam sinaran mentari
memancing boleh gunakan perasaan lain
mencari keselesaan dalam jiwa
adakah kudapatkannya?
lelaki yang mirip aku itu
buangkan angka lalu keluar
datang bersama dengan umpan berangin
sejukkan hatiku
kehangatan beransur-ansur meningkat

# 風訊

我的日子卡在陳年的記事裡
不甜不美醞釀日後的風雨
為甚麼有些情節總也找不到方向
看我的手掌升起，指間染紅斑斑
是否就是我日後人生的紋理
再塗抹色彩總也卸不下石塊
你要翱翔我卻要低飛掠過
只要稍稍安穩，稍稍左右平衡
我願意把日子放在你欲飛難飛的翅膀上
你的眼睛還雪亮，一窩一窩的深意
只要一句話，我可以把跨向盡頭的腳
收縮回去，迎接你決定送來的風訊
不是呼呼地出擊，而是心裡的激蕩
溫溫暖暖如海邊迎來的陽光
下半輩子，活在重生的懷抱裡

（2018年3月27日）

# Suara Angin

Hariku tersangkut dalam ingatan lama
tak manis tak indah menghasilkan ribut kelak
kenapa masih ada beberapa plot sentiasa hilang arahnya?
lihatlah tapak tanganku yang diangkat, berbintik-bintik merah antara jari
adakah ianya barik-barik hidupku pada masa depan?
diwarnakan lagi takkan juga terlepas bebannya
kau mahu melayang tinggi manakala aku mahu terbang rendah
selagi ianya lebih selamat, dan seimbang sedikit
aku sedia meletakkan hidupku pada sayap kau
yang susah hendak terbang itu
mata kau masih cerah dan bersarang penuh
dengan implikasi mendalam
cuma satu ayat, aku akan mengundurkan kakiku
yang melangkah ke hujung
untuk menyambut suara angin yang kau hantarkan
bukan satu serangan yang menderu, tapi ialah gelora kalbuku
hangat seperti sinaran mentari yang disambut tepi pantai
sepanjang paruh kedua hayatku
akan tinggal dalam dunia yang hidup semula

# 飛渡

太陽兇狠追著我
一個念頭逐漸放大
跟理想的天空距離還很遠
我需要一雙翅膀
翱翔不是夢
從心間釋放一條路
無邊的尾端鉤住我的思緒
飛渡，飛渡
我未來的夢裡有說不盡的憧憬
那是僅存的烏托邦
等待替補一個地球末日的構圖
我是開啟天門之人嗎
鋪上一條綠色大道
陽光就會永遠溫馴
生命就會無限擴大

（2018年3月27日）

# Terbang Menyeberangi

Mentari sangat garang mengejar aku
satu idea secara beransur-ansur diperbesarkan
masih jauh dari langit yang ideal
aku perlukan sepasang sayap
terbang bukanlah mimpi
lepaskan sebatang jalan dari hati
hujung yang tak terbatas menarik fikiranku
terbang menyeberangi dan terbang menyeberangi
mimpi masa depanku yang berimpian tak berkesudahan
itulah satu-satunya Utopia
menunggu menggantikan komposisi lukisan hari kiamat bumi
adakah aku orang yang membuka pintu ke syurga?
tubuhkan sebatang jalan hijau
sinaran mentari akan sentiasa lembut
jiwa akan berkembang selama-lamanya

# 風景

陸上的雲飄向島嶼
一個理想打造
一個美麗的近景
雲適時找到移動的方向
最結實的落點最好依傍一座山
而你的眼逐漸模糊
遠景更在虛無縹緲間
你必須衝向那座山
催動靜靜的林木掀起湧動的綠意
讓光從上空照耀
雲收回雨
你收回你的迷情
讓山林融入光芒
成為三者連成一體的風景

（2018年3月28日）

# Pemandangan

Awan darat melayang ke pulau
membina pemandangan indah yang dekat
dengan satu cita-cita
awan tepat pada masanya mendapati arah pergerakannya
penempatan paling kukuh adalah bersandar pada sebuah gunung
dan mata kau semakin kabur
visi lebih merupakan khayalan semata-mata
kau mesti tergesa-gesa ke gunung
mendorong pepohon yang senyap membangkitkan kehijauan yang bergelora
biarkan cahaya bersinar dari atas langit
awan menarik balik hujan
kau menarik balik perasaan tersesat
buat hutan dimasuki sinaran
terjadi pemandangan tiga pihak

# 孤獨國

在孩子們的世界裡想像
下半輩子的幸福
要一一刻在墓碑上
卻遁入連場的噩夢
琴音抖動
如心在靈魂深處申訴
一一都碎了，留給孤獨
一張日夜籠罩的網
如何進入你的孤獨國
眾人摸索前進的手
一觸就縮回
感情收在突發的琴音裡
只聽到清亮裡的模糊
收放不能自如
孤獨國依然只有
你一個人願意
留下名字

（2018年3月28日）

# Dunia Bersendiri

Bayangkan di dunia kanak-kanak
kebahagiaan sepanjang paruh kedua hayat
hendaklah diukir pada batu nisan satu demi satu
tapi telah terjatuh ke dalam mimpi ngeri yang berturut-turut
bunyi piano bergetar
bagaikan jiwa merayu di dalam roh
terpecah satu demi satu, ditinggalkan untuk seorang diri
jaring yang menyelubungi siang dan malam
bagaimana hendak memasuki dunia bersendiri kau
tangan orang-orang yang meraba-raba ke depan
tersentuh saja lalu berundur
perasaan disimpan dalam bunyi piano bernada mendadak
hanya terdengar kekaburan wujud dalam bunyi jelas dan nyaring
tak dapat dimainkan dengan lancar
dunia bersendiri hanya
kau seorang saja
ingin tinggalkan nama

# Aloha

我的舞姿怎麼了
窗外的男人眼神盛滿火奴魯魯的熱
彷彿好多年前曾在記憶裡燃燒
陽光迸射，玻璃熔解了嗎
一朵尋找太陽的無名花三百六十度
倏然轉身，舞已成風
撲在熟悉的記憶深處
張開的花瓣同時展示標誌
我的舞，化成一個永恆
Aloha，親切無比

（2018年3月28日）

# Aloha

Apa yang salah dengan tarianku
sinar mata lelaki di luar tingkap penuh dengan kepanasan Honolulu
seolah-olah bertahun-tahun lalu pernah terbakar dalam ingatan
sinaran matahari berpancar, adakah kaca itu dicairkan?
sekuntum bunga tanpa nama mencari matahari
dengan pusingan mendadak 360 darjah
menari dengan jayanya seperti angin
terjun ke dalam ingatan yang lama
kelopak yang berkembang pada masa yang sama menunjukkan tanda
tarianku menjadi abadi
Aloha, begitu mesranya

# 流落異境

這裡的天看不到天
天縮成一個小小的口
在你孤寂的自語中
釋放與尋找訊號
最好有一絲風聽到
宇宙可以發放郵差
打開的急件裡
SOS靜候萬變
都說萬變不離其宗
從哪兒來就該回哪兒去
東南西北盡是回程的省略號
寄託唯一欠缺的東風去填補
你無須顧慮
落地而不再生根的
馬鈴薯

（2018年3月28日）

# Tercicir Di Tanah Asing

Langit di sini tak kelihatan
langit susut menjadi mulut kecil
dalam kata-kata kesepian diri kau itu
isyarat dilepaskan dan dicari
baik kalau terdengar oleh angin
alam semesta boleh menghantar posmen
surat kecemasan dibuka
SOS menunggu perubahan pelbagai
dan semua yang berubah-ubah itu tak lari dari paksinya
dari mana ia datang haruslah kembali ke situ
timur, barat, utara, selatan kesemuanya kehilangan tanda kepulangan
mesti bergantung pada satu-satunya angin timur untuk diisi
kau tak perlu risau akan
kentang yang ditanam itu
takkan tumbuh

# 大魚

線索長長伸入隧道
盡頭懸掛一個祕密
你的理想主義像火一樣燃燒
法律的鐐銬穿過隧道
留下模糊的記憶讓你上下求索
殺手的心思用沉默裝潢
主題在主體裡浮遊
若隱若現，自己是
釣竿嗎，是
魚餌嗎
肯定是個釣魚的人
長長的線索深入隧道
再伸向你主義裡的深水
終於釣起一尾
你無法衡量的
大魚

（2018年3月29日）

# Ikan Besar

Runut panjang masuk ke dalam terowong
hujungnya tergantung satu rahsia
idealisme kau terbakar seperti api
belenggu undang-undang melalui terowong
tinggalkan ingatan kabur yang biarkan kau mencari jawapan
fikiran pembunuh dihiasi dengan kesenyapan
tema terapung dalam subjek
hilang-hilang timbul, adakah dirinya
sebagai batang kail?
atau sebagai umpan?
tentu ialah pemancing
runut panjang masuk ke dalam terowong
masuk lagi ke dalam isme kau yang berair dalam
akhirnya berjaya menangkap seekor ikan besar
yang tak dapat diukur kau

# 訊號

我給你提示
綠色的吧
手伸長，以觸覺
感知天地蒼茫
一雙手可以伸得多遠？
觸摸天涯，觸摸海角
甚至觸摸未曾觸摸過的心底
你的臉乍變為多種顏色的交通燈
我起初站在十字街頭
思索紅與綠以外的區域
卻全然在紅燈的交界處
迷惑不決
原來通關可以不顧容顏
一路伸手觸摸就能身受
你的燈訊全無意圖
風平浪也靜
怎麼我看到的卻是一波未平
一波驚起
我看著我狹窄的甬道
心臟還在堵塞的地方
疏通了，你自會紅燈轉綠
而宇宙將會提示全綠時代
從圓圓的空間
進入地心引力
從心所欲

（2018年3月29日）

# Isyarat

Aku memberi kau petunjuk berwarna hijau
tangan dihulurkan, dengan sentuhan
merasai langit dan bumi yang tiada berhingga
sejauh mana kau dapat menghulurkan tangan
menyentuh hujung langit, dan penjuru laut?
malah menyentuh hati kau yang tak pernah disentuh itu
wajah kau tiba-tiba berubah menjadi lampu trafik pelbagai warna
aku mula-mula berdiri di simpang empat
fikirkan kawasan di luar warna merah dan hijau
tapi merasa penuh bingung di persimpangan berlampu merah
ternyatalah tindakan melalui lintasan boleh dilakukan tanpa menghiraukan wajah
dengan sentuhan tangan di sepanjang jalan dapat dirasainya
isyarat lampu kau tak membawa niat
angin dan gelombang sama-sama tenang saja
kenapa yang kulihat ialah satu gelombang belum surut
gelombang lain naik pula?
aku melihat jalan sempitku itu
jantung masih tersumbat
setelah dibersihkan, kau akan mengubah lampu merah menjadi hijau
dan alam semesta akan menghasilkan era kehijauan yang sempurna
dari ruang yang bulat
masuk ke graviti
mengikut keinginan tanpa sekatan

# 玩具戰場

飛機大炮、鐵甲巨人
都領旨出征了
比比力量
勝利在我的估算裡
東西南北找方向
從來只長自己志氣，滅別人威風
雖千萬人，我也直搗龍門而去
Dunkirt之圍，歷史不在這裡重演
對了，數碼裡的祕密
是我繼續成長的維生素
下一站，是戰後的重生
個人秀，再模仿
別走歪了？歪一點又如何？
小如蜉蝣，那是誰說的？都不算
大樹就在眼前
何懼之有？

（2018年3月29日）

# Medan Pertempuran Mainan

Pesawat dan meriam, gergasi berperisai
semua menerima arahan untuk ekspedisi itu
berbanding dengan kekuatan
kemenangan dalam dugaan
dicarinya arah dari timur, barat, utara dan selatan
selama ini hanya cita-cita sendiri dipupuk
demi menghancurkan kebesaran orang lain
walaupun berdepan dengan berjuta-juta manusia
aku tetap mahu terus pergi menyerang gawang itu
sejarah Dunkirt tak berulang di sini
ya, rahsia dalam digital
adalah vitaminku untuk terus berkembang
perhentian berikut adalah tempat tumbuh semula aku selepas perang
pertunjukan peribadi, ditiru lagi
usahlah salah langkah? Bagaimana kalau salah sedikit?
siapa kata aku kerdil bagaikan serangga sehari?
tak dipedulikan
pokok besar ada di depan
apa nak takut lagi?

# 風河谷

你聽到風聲，輕輕飄過
白皚皚的心
白裡透著寒冰
結成多層隱喻
你一層一層剝掉雪的外衣
看不到血與肉相繫
有一腔血卻撲到你身上
添加重量
有一團肉則跨入你體內，長成
捕獵的方向
河，在哪裡呢
必須細心以耳
以鼻，雪藏的一點訊息
才能分清
風與河
飄過流過
空寂的山谷，敲擊你的心臟
隱藏的風沙
一點一點漏出
輕輕飄去

……逐漸凝聚
變成一個一個
大大的
腳印

（2018年3月29日）

# Lembah Sungai Berangin

Kau mendengar suara angin hanyut perlahan-lahan
kalbu menjadi putih seperti kapas
kelihatan ais dalam keputihan
terbeku menjadi metafora pelbagai lapisan
kau mengupas pakaian luar salji lapis demi lapis
tak dapat melihat perhubungan darah dengan daging
setompok darah menerpa ke atas badan kau
menambah berat
terdapat jisim daging memasuki tubuh kau dan tumbuh
sebagai arah pemburuan
di manakah sungai itu?
mesti secara teliti
gunakan telinga dan hidung, baru dapat membezakan
sedikit maklumat yang tersimpan dalam salji
angin dan sungai
hanyut dan mengalir
di lembah sunyi, mengetuk kalbu kau
debu pasir yang tersembunyi
sedikit demi sedikit terburai
berhanyut dan hilang perlahan-lahan

... secara beransur-ansur berkumpul
menjadi tapak-tapak kaki
yang besar

# 絕處逢山

山，四周圍以雪
封血
必須尋找一絲暖意
從可能的裂縫
跨出
必須考量雪深幾許
茫茫人影
在茫茫的雪山上
山必陌生
透骨的問候
尋找對象，方向
從開始模糊到清晰
到　　記憶裡的蟲全凍僵
四周圍的雪
競相解放自己
血液嘗試闖關
多深的血痕
多久的雪藏
血在雪中流通
患難的世界
革命般
相擁

而後，挖掘記憶的深處
處處都是
雪霽

（2018年3月29日）

# Bertemu Gunung Ketika Menghadapi Impas

Gunung dikelilingi salji
yang menutup darah
mesti mencari sedikit kehangatan
melangkah keluar
dari keretakan yang mungkin
mesti mempertimbangkan berapa dalamnya salji
bayangan manusia yang samar-samar
di gunung bersalji yang luas terbentang
gunung mesti menjadi tak dikenali
salam yang menusuk tulang
mencari sasarannya, arah
dari kekaburan awal hingga ke kejelasan
hingga semua ulat dalam ingatan membeku
salji di sekeliling
akan bertungkus lumus melepaskan diri
darah cuba menembus masuk laluan
betapa dalamnya tanda darah?
berapa lamanya ia dibekukan?
darah mengalir dalam salji
dunia yang menderita
berpelukan
secara revolusi

Kemudian, memori yang dalam digali
di mana – mana saja
cerah terjadi

# 尋找幸福——記發明魔術拖把的故事

昂首白晝的天空
怎麼星星也亮了
每一顆都拖著松軟的尾巴
從天際掃落地上
塵沙靜靜，一絲不揚
尾巴齊聚
編撰一個發明家的故事
以女性的歡樂為名
Joy，尾巴裝束成魔術
橫刷過大地
婦女們抬頭
紛紛觀賞壯觀奇景
而一片一片絢麗
倏然羅列在
每一家的地板上
婦女們細數一天的時間
把最劃算的部分
都算進
最經濟省時的
帳單裡

婦女們都說
幸福就是這樣
尋找的

（2018年3月29日）

# Mencari Kebahagiaan
## ——Cerita tentang penciptaan pengelap lantai bersulapan

Mengangkat kepala ke langit siang hari
kenapa bintang-bintang bersinar pula
setiapnya diheret dengan ekor yang berbulu
disapu ke bumi dari tepi langit
habuk dan pasir tenang saja langsung tak melayang
ekornya berkumpul
menyusun cerita seorang pencipta
atas nama kegembiraan wanita
Joy, ekor dihiasi dengan sulapan
menyapu seluruh bumi
kaum wanita memandang ke atas
masing-masing menikmati pemandangan hebat
dan setiap keindahannya
tiba-tiba tersusun di atas lantai setiap keluarga
kaum wanita menghitung waktu sehari
bahagian yang paling berkesan
semuanya dikira
ke dalam senarai paling menjimatkan
dari segi ekonomi dan masa

Kaum wanita berkata
demikianlah kebahagiaan itu
dapat dicari

# 美人魚

美人擁抱一尾魚入睡
夢，遊到岸上
岸上走著沒有尾巴的魚
太陽把金黃鋪成大地
那些男人不滿足地收集
盆滿缽滿
溢出每條街市

美人放開擁抱的夢
夢，潛入某個男人的意識
用一種最普遍
人間最常用的忘形水
注入
美人再擁抱一尾魚入睡
夢，永遠留在
岸上

（2018年3月29日）

## Duyung

Gadis cantik tidur dengan memeluk seekor ikan
mimpi berenang ke pantai
di atas pantai berjalannya ikan tak berekor
matahari membentangkan kuning keemasan di atas bumi
orang-orang lelaki memungutnya tanpa kepuasan
memenuhi pelbagai bekas
malah tertumpah keluar membanjiri setiap jalan

gadis cantik melepaskan mimpi yang dipeluk
mimpi menyelam ke dalam kesedaran seorang lelaki
gunakan air yang terlupa bentuk
sesuatu yang paling lumrah di dunia
sebagai suntikan
gadis cantik sekali lagi memeluk seekor ikan lalu tidur
mimpi, tetap singgah
di atas pantai

# 無名英雄——電影Hidden Figures觀後

數字在卜算
顏色劃分的疆域
是落在太空
抑或在人間
宇航局製造煙霧
要分散要聚攏
數字不能說了算
最簡單的界限就設定在
八百米外的洗手間
太空迷航在那裡
一肚子的排泄物
怎麼就只那一種顏色
為甚麼沒有白的糞
或者白的尿液
數字無法卜算
因為不是預言
而是
純黑一頁
歷史

（2018年3月30日）

# Wira Yang Tidak Dikenali

**——Selepas menonton filem *Hidden Figures***

Angka sedang menenung
kawasan yang dibahagikan oleh warna
adakah ianya berada di angkasa
atau di dunia manusia
NASA membuat asap
hendak disebarkan atau dikumpulkan
angka tak dapat menentukannya
batasan paling mudah ditetapkan di tandas
sejauh 800 meter dari situ
angkasa tersesat jalan di sana
kumuhan dari perut
kenapa ianya hanya satu warna?
kenapa tiada najis putih?
atau air kencing putih warnanya?
angka tak dapat menenung
kerana itu bukan nujuman
tapi ialah satu halaman sejarah
yang hitam kumbang

# 綠色想像

綠，遠古遠古
是太陽的合作夥伴
是月亮眾星的同僚
當白晝被邪惡佔領
一朵含苞待放的花
期待解放的力量，蓄積
宇宙間最豐沛的生命
正，是綠色的鬥士
邪，是黑色的打手
圓月的光輝是花苞的催生劑
催生綠海裡一股革命的風潮
護衛每一代
驅逐黑暗的
綠色公主

綠，生香，生
繽紛色彩

並長成
森林戰士的軀幹

（2018年3月30日）

# Imaginasi Warna Hijau

Hijau, pada purbakala
adalah rakan kerjasama matahari
adalah rakan sejawat bintang bulan
apabila siang ditakluk oleh kejahatan
sekuntum bunga yang kudupnya akan berkembang
menunggu pembebasan kuasa, demi mengumpul
tenaga yang memenuhi jiwa di alam semesta
keadilan adalah pejuang warna hijau
kejahatan adalah kepruk warna hitam
sinaran bulan purnama
adalah bahan mengaktifkan pertumbuhan kelopak
melahirkan gelombang revolusi di lautan hijau
menjaga puteri hijau setiap generasi
yang menghalau kegelapan

Hijau melahirkan aroma
melahirkan pelbagai warna

Dan berkembang menjadi
tubuh perajurit rimba

# 問路

你總要撈取那些記憶
即使火爐把它燒成灰燼
總希望有一些會停留
只要還有夢，夢在無名地方
你必把它交托給心靈的取向
歲月把記憶深藏在孩提的故事
一個個變為日後問路的影跡
親情與關愛早已依時開花
只是你混混懵懵迷失在另一種情境
等著你翻身如美人魚般緩緩遊來
你的故事就會與我連線
漂泊後我們將在路的前端
為我們各自的色彩添上一筆

（2018年3月30日）

# Tanya Jalan

Kau tetap mahu menyauk kenangan itu
meskipun dibakar dalam keran sampai abu
tetap berharap ada juga beberapa yang tertinggal
selagi ada mimpi, mimpi itu
berada di tempat yang tak diketahui
kau pasti akan menyerahkannya pada orientasi batin
masa menyembunyikan memori dalam cerita ketika kanak-kanak
satu demi satu menjadi jejak
untuk tanya jalan pada masa depan
rasa persaudaraan dan kasih sayang
telah lama berkembang mengikut masa
cuma kau bingung tersesat dalam keadaan lain
menunggu kau membalikkan badan seperti duyung
yang berenang perlahan-lahan ke sini
kisah kau dan aku akan bersetali
selepas pengembaraan, kami akan berada di depan jalan
menambah warna individu masing-masing

# 戰馬

一聲驚雷
即走入
不可思議的農耕
類似人類的智慧，情牽
一路的走向

遠方戰爭在呼喚
喚醒比死亡
更重的炮火
牠走不出
必須挺進的路向
情牽
千哩以外

一聲驚雷
自千哩追蹤
在歷經的創傷裡
喚醒最初的哨聲

主與僕
懸於死亡的邊緣
把重拾的生命
歸還
野外的寧靜

（2018年3月30日）

# Kuda Perang

Selepas satu dentuman guruh mengejut
lalu memasuki
bidang pertanian di luar sangkaan
kebijaksanaan seperti manusia itu
membimbing kasih sayang sepanjang perjalanan

Perang memanggil dari kejauhan
membangkitkan tembakan meriam yang lebih hebat daripada kematian
ia tak dapat keluar
dari arah yang mesti terus maju
kasih sayangnya terikat
pada tempat beribu-ribu batu jauhnya

Selepas satu dentuman guruh mengejut
pengesanan dilakukan di tempat beribu-ribu batu jauhnya
dalam segala penderitaan yang dialami
dibangkitkan peluit paling awal

Tuan dan pesuruh
pernah tergantung di tepi maut
mengembalikan nyawa yang diselamatkan
kepada ketenangan desa

# 剛與柔

我的陽剛
你的陰柔
天地合一
從南中國海到印度洋
我一樣可以
以陰柔探路
從印度洋到南中國海
你一樣可以
以陽剛迎迓
柔度與硬度
幾千年修練
裡裡外外都是哲理
師父與師父連線
徒弟與徒弟掛鉤
一帶一路
豪華裝配
你帶來智慧
我一路拔刀
功夫開花
瑜伽結果
陽剛與陰柔
一氣
呵成

（2018年4月17日）

# Keras Dan Lembut

Kekerasan aku
kelembutan kau
bersatu dalam dunia
dari Laut Cina Selatan ke Lautan Hindi
aku boleh juga merintis jalan dengan kelembutan
dari Lautan Hindi ke Laut Cina Selatan
kau boleh juga menyambut dengan kekerasan
derajat kelembutan dan kekerasan
bertapa beribu-ribu tahun
terdapat falsafah di dalam dan di luar
sarjana dan sarjana bersetali
perantis dan perantis berangkaian
*The Belt and Road*
pemasangan yang mewah
kau membawa kebijaksanaan
aku hulurkan bantuan sepanjang jalan
kung fu berbunga
yoga berbuah
kekerasan dan kelembutan
bersepadu dengan lancar

# 長城

回頭，總望不見自己的首尾
何曾想過
僅是這一端
一種獸血
化為狼煙
漫天升起
把晨昏都吞了
所有箭頭都醒著
只朝一個方向緊盯
日夜不曾喊停
靜靜地聽
靜靜拉弦，無聲
宛如守歲
守每個
一樣的
結局

（2018年4月17日）

# Tembok Besar

Menoleh ke belakang, tak dapat melihat kepala dan ekorku
tak pernah fikirkan
hanya sebelah ini
sejenis darah haiwan
berubah menjadi asap tahi serigala
naik meliputi seluruh angkasa
menelan pagi dan senja
semua anak panah terjaga
hanya fokuskan pada satu arah
siang dan malam tak berhenti
mendengar dengan sunyi
secara senyap menarik tali, tanpa bunyi
seolah-olah bergadang pada malam menjelang Tahun Baru
menjaga setiap kesudahan
yang sama

# 鐵箱

這麼一個箱子
是不是太擁擠了一點
那些被封嘴的物事
一定自我吶喊了千百個自由
心聲敲擊著
箱子的硬殼
靜靜，靜靜
其實我聽到回音
在遙遠不知名的地方
不同類卻能相聚的所謂自由
同個時候也在敲擊
天地間無形的硬殼
闖出去吧
不是伊甸的伊甸
人們都在議論
由箱子開始
一輪一輪的革命
每一輪都可以翻轉
解放自己

（2018年4月17日）

# Peti Besi

Kotak sedemikian
adakah ianya terlalu sesak?
benda-benda yang mulutnya dimeteraikan
tentu dirinya dah menjerit ribuan kebebasan
suara hati memukul
kulit keras kotak itu
secara senyap
sebenarnya aku terdengar gema
di tempat yang jauh dan tak diketahui
jenis-jenis lain tapi masih bebas untuk berkumpul itu
juga pada masa yang sama, memukul
kulit keras yang tiada bentuk
antara langit dan bumi
terjanglah terus untuk keluar
dari Eden yang tak berupa Eden itu
rakyat memperbicarakan
mulai dari sebuah kotak
tentang satu revolusi demi satu revolusi
dan setiapnya dapat membalikkan
serta membebaskan diri

# 戰地鴛鴦

戰爭，適時拉開一條紅線
不管是陰差還是陽錯
陰陽始終要調和
戰爭緘默不語
把結局隱藏
情節起起伏伏
看似無情卻似有情
人人說
有情人終成眷屬
而你最後
抱起戰爭的結局
淚流滿襟
濕透那條紅線
畢竟還是
紙做的

（2018年4月17日）

# Sepasang Kekasih Di Medan Peperangan

Peperangan tepat pada masanya menarik benang merah
walau apapun kekhilafan yang terjadi secara kebetulan
Yin dan Yang mesti selalu didamaikan
peperangan itu diam saja
sembunyikan kesudahan
di dalam plot yang naik dan turun
seolah-olah kejam tapi penyayang
semua orang kata
orang-orang kecintaan akhirnya berkahwin juga
tapi kau akhirnya
memeluk kesudahan peperangan
penuh dengan air mata
yang membasahi benang merah itu
yang pada hakikatnya
adalah dibuat daripada kertas

# 天網有疏漏

天網有疏漏，明顯是天機
必須從網中竄出
外面黑暗，躲藏的地方一樣
失去光彩
光照在遠遠的邊界
必須橫越
除了破網，除了破解異端詛咒
這一代並不是末代
仍然必須撐起旗杆
異軍突起，衝吧
一如曾經的歲月，裡頭的憤慨依舊
英雄，有淚不輕彈
有血，更不輕流
就讓淚與血呈現本色
在淚收起與血奔流的時候
把命運送走，傳承在遠方
生命在另一土地上
或許可以開花，或許可以
跨過所有
籬笆

天網與籬笆
未必永遠
命中
註定

（2018年4月17日）

# Jaringan Langit Terbocor

Jaringan langit terbocor, ternyata ialah rahsia alam
perlu menerjang jalan keluar darinya
di luar itu gelap, tempat bersembunyi juga sama
kehilangan kegemilangan
cahaya bersinar di sempadan jauh
perlulah menyeberang
memecahkan jaringan dan menghancurkan kutukan bidaah
generasi ini bukan generasi terakhir
masih perlu menegakkan tiang bendera
membangkitkan kuasa baru yang muncul mendadak
menerjang jalan ke depan
seperti masa yang pernah dilalui dulu
kemarahan masih ada
wira, tak tersia-sia mengalir air mata
lebih-lebih lagi tak tersia-sia mengalir darah
biarkan air mata dan darah kelihatan semula jadi
apabila air mata disimpan dan darah bergegas keluar
hantarkan takdir, kemudian diwarisi di kejauhan
jiwa yang berada di tanah lain
mungkin dapat berbunga
mungkin dapat merentasi segala pagar

Jaringan langit dan pagar
tak semestinya
ditakdirkan selama-lamanya

# 美與醜

誰能跨越，這一道屏障
美，在一端
持一朵盛開的玫瑰
還未見枝椏，卻指向
無名地方
醜，開不了心房
門窗關閉，靈魂緊鎖
當玫瑰漸漸伸出枝椏
深紅色沿著
花瓣，滲入他心房
坐鎮黑暗的中心
他看到一片紅光
像嚴冬覆蓋的方圓幾十哩處
忽然一道電光閃過
霹靂一聲，他醜性裡的絕望
碎成冰塊，之後溶解
與那一片越積越厚的血色
漫淹曾經的詛咒
醜與美，童話般結合
凸顯所有
童真裡的
記憶

（2018年4月17日）

# Cantik Dan Hodoh

Siapa yang dapat menyeberang halangan ini
kecantikan, di satu hujung
memegang sekuntum bunga mawar yang memekar
belum kelihatan rantingnya tapi telah ditunjuk
ke tempat yang tak bernama
kehodohan, tak dapat membuka serambi jantung
pintu dan tingkap ditutup, jiwa terkunci
apabila bunga mawar perlahan-lahan menghulurkan rantingnya
warna merah tua menyusuri kelopak
dan meresap ke dalam serambi jantung
duduk di tengah-tengah kegelapan
dia ternampak setompok cahaya merah
seperti musim sejuk yang meliputi kawasan
sepanjang garis sekeliling puluhan batu
tiba-tiba kilat berkilau
dengan bunyi guruh, perasaan putus asa di dalam kehodohannya
terhancur menjadi ais, kemudian melarut
bersama dengan darah yang tebal berkumpul itu
membanjiri kutukan yang pernah dialami
hodoh dan cantik, satu gabungan cerita dongeng
menonjolkan kesemua
kenaifan kanak-kanak

# 突襲

誰抖出一條條短線
在高牆與高牆之間
一層層全是勇士難以迴旋之地
短線相接，從線頭到線尾
都是千斤墜壓的危機
風險比突發的海嘯還要犀利
突襲，槍彈再加拳腳
在一層層生死構成的空間
狹小如縫隙，從裡面力擠
唯一的人性
直如天外的救星
突襲，讓人性拖拉出
一條長線
把千斤墜壓的危機
從短線上，一個個
艱辛地拔離
高牆，驀地
矮了
半截

（2018年4月17日）

# Serangan Mengejut

Siapa yang membuang garis-garis pendek
di antara tembok-tembok tinggi
tingkat demi tingkat merupakan tempat pahlawan sukar untuk bergerak
garis-garis pendek bersambungan, dari kepala hingga ke ekor
adalah krisis yang tajam
risiko lebih hebat daripada tsunami yang datang mendadak
serangan mengejut, dengan senjata dan pukulan
dalam tingkat-tingkat ruangan hidup dan maut itu
sempit bagaikan celah, diperah dari dalam
satu-satunya kemanusiaan
seperti penyelamat dari angkasa
serangan mengejut, biarkan kemanusiaan menyentak
garis yang panjang
demi mencabut krisis tajam satu demi satu dengan payahnya
daripada garis pendek
tembok tinggi tiba-tiba
rendah separuh

# 脫軌的飛行

脫軌的飛行
猛撞向地球最後一日
嘀嗒嘀嗒的剩餘微聲
在各人掌中作最後跳躍
虛與實、重與輕
各自尋找最後的解碼器
原來虛實輕重裡
早有設定的路向
咫尺之處，不是天涯
而是最終的
相依為命

脫軌的飛行
我們為了一個
更美好的相遇

（2018年4月18日）

# Penerbangan Yang Tergelincir

Penerbangan yang tergelincir
terhempas ke hari terakhir bumi
berketak-ketik bunyi sisa yang lemah itu
melompat kali terakhir di tapak tangan semua orang
kosong dan padat, berat dan ringan
setiapnya mencari alat pecah kod yang terakhir
beginilah di bawah kosong padat dan ringan berat
terdapat arah yang ditetapkan
tempat terdekat bukan jauh di pinggir langit
tapi ialah hidup saling bergantung
pada saat terakhir

Penerbangan yang tergelincir
kami sempurnakannya
dengan pertemuan yang lebih indah

# 遠古

所有漂浮的、不定的心
跟著隨時浮凸隨時沉沒的地殼
在可容納的空間裡尋覓平穩之境
物競天擇，歷史的演進從遠古
就置入大自然的放大鏡裡
動物競相避開自生與自滅
在絕境中適時的互動
可以把所有漂浮的
不穩定的空間
往調整的大道運行
茫茫大洋裡的強權
諸多斑斕的誘惑
紛紛潛入物競天擇的考場上
大陸漂移，動物的心也在移動
往哪裡移去呢
構築一個
共生與歡樂的據點

（2018年4月18日）

# Purbakala

Semua hati yang terapung dan tak menentu itu
bersama dengan kerak bumi yang timbul tenggelam
pada bila-bila masa saja
mencari ruangan yang dapat ditampung menuju keadaan stabil
pemilihan dilakukan oleh alam semula jadi
revolusi sejarah dari zaman dahulu
telah diletakkan di bawah kanta pembesar dunia alam
haiwan berlumba-lumba mengelakkan daripada hidup mati sendiri
berinteraksi tepat masa dalam kebuntuan
dapat membimbing semua ruangan yang terapung dan tak stabil itu
bergerak ke jalan besar yang telah disusunaturkan semula
kekuasaan di lautan yang tak berbatas
dan semua warna yang mempesonakan itu
telah menyusup ke dalam medan ujian alam semula jadi
benua terapung, dan hati haiwan terapung juga
ke manakah mereka itu bergerak?
demi membina sebuah pangkalan hidup
yang dapat bergembira bersama-sama

# 魔鏡

慾望在魔鏡裡製造烏鴉的咒語
暗藏的殺機踩遍黑森林
漫天巫術在搜尋
目標不在於永恆的城堡
而是對準雪一樣純白的心臟
慾望在魔鏡裡膨脹
膨脹成一頂最美的花冠
咒語在四處飛竄
急欲竄進
柔柔飄飛的雪白

（2018年4月18日）

# Cermin Sakti

Nafsu mengadakan mantera gagak di dalam cermin
niat membunuh yang tersembunyi itu
memijak seluruh rimba gelap
sihir yang memenuhi angkasa sedang mencari
sasarannya yang bukan kastil abadi
sebaliknya, disasarkan pada hati putih tulen seperti salji
nafsu berkembang di dalam cermin
berkembang menjadi sebuah mahkota bunga paling murni
mantera berterbangan di mana-mana
ingin sekali memasuki
keputihan salji
yang melayang-layang dengan lembutnya

# 登陸

登陸人心
是否即被強風俘虜
有時並非戰略在運籌帷幄
更多，是依據人性的光暗
或跨越敵對的負荷
或在掙扎的邊緣，尋索
登陸的訣竅
有時，必須經歷血淋淋的場景
有時，必須把仇恨捶扁又捶扁
至崩碎，直至消失於無間
所謂的情，才會在無疆界中
滋生，如嚴冬時的扶持
一襲升溫的暖意
適時如剛冒出的生機
重估生命的有價與無價

人心登陸之日
硝煙必瞬間為強風俘虜

（2018年4月18日）

## Pendaratan

Mendarat hati manusia
adakah ianya terus ditawan oleh angin kencang?
kadangkala bukan dikuasai strategi
lebih banyak berdasarkan pada kegelapan atau sinaran sifat kemanusiaan
atau merentasi beban bermusuhan
atau berada di tepi rontaan, mencari
kunci kejayaan pendaratan
kadangkala perlu menghadapi adegan berdarah
kadangkala perlu melabang dan terus melabang kebencian
sehingga ianya pecah, sehingga ianya lenyap
cinta yang disebut hanya akan tumbuh di kawasan tiada sempadan
bagaikan sokongan dalam musim sejuk yang keras
sedikit kehangatan yang meningkat
tepat pada masa seperti daya hidup yang baru bertunas
menilai semula nyawa yang berharga dan tak berharga

Pada tarikh berlakunya pendaratan hati manusia
asap mesiu mesti dalam sekelip mata
ditawan oleh angin kencang

# 暫時安全

安全，如果只置放在
一個暫時的時空
安全，就猶如
等待即將攻來的洪水

暫時，是一個漂浮的段落
隨時被突發事故
捲走，一如
腦裡儲存的數字
一旦拔除，就會遺留
可以清楚計算出來的
洞孔

漂浮，暫時把時空留住
與絕境拔河
拔成一線
可以連接的生機
擊破
死亡的
密碼

（2018年4月18日）

# Keselamatan Sementara

Keselamatan jika hanya diletakkan
di ruang masa sementara
keselamatan adalah seperti
menanti serangan banjir

Sementara, adalah satu perenggan terapung
pada bila-bila masa akan dilanda peristiwa mengejut
sama seperti angka yang tersimpan dalam otak
setelah dikeluarkan, akan ditinggalkan
lubang-lubang yang dapat dikira dengan jelas

Terapung, buat sementara waktu untuk memelihara ruang masa
bertarik-tarikan dengan impas
bertarik sehingga wujud sekilas harapan
yang dapat disambungkan
demi menewaskan kod kematian

# 魔幻世界

回去，一個色彩團聚之地
七彩是路向
踩在雲端，路伸向魔域
伸向暴君手上
沉溷的黑

回去，把曾經的純真
搓揉成繽紛
以一片虹彩的膚色，革命
單一的黑與魔棒
在非暴力的語境裡
淪為地獄的塑像

（2018年4月18日）

# Dunia Sihir

Kembali, ke tempat pertemuan warna
pancawarna adalah arah jalan
melangkah di atas awan, jalan menuju ke dunia syaitan
menuju ke kegelapan mendak di dalam tangan penzalim

Kembali, dan pada hati tulus murni yang pernah dimiliki
diadunnya menjadi pelbagai warna
dengan sekeping kulit pelangi, berevolusi
kegelapan yang tunggal bersama gada sakti
dalam konteks bahasa bukan keganasan
terjatuh menjadi patung neraka

# 黑森林

林中，隱藏故事裡
最後情節
所有魅影
黑暗裡潛動
在雙眼之前
齣齣都是活戲
一暗一明
一個在深洞裡演現實秀
一個在亮光下掛上懼怕的口
就在一點好奇的裂縫裡
林中獸性的爭鬥
讀出不尋常氣味

而殘局
竟隨便丟給
一個純粹荒謬的預言
去收拾

（2018年4月18日）

# Rimba Gelap

Di rimba, tersembunyi plot terakhir cerita
semua lembaga syaitan
bergerak diam-diam di dalam kegelapan
di depan mata
setiapnya adalah sandiwara yang hidup
satu di bawah kegelapan, satu di bawah cahaya terang
satu adakan pertunjukan realistik dalam lubang yang mendalam
satu tergantung mulut ketakutan di bawah sinaran
dalam sedikit rekahan yang aneh itu
pertempuran kebinatangan di rimba
baunya yang luar biasa itu dapat dibaca

Dan situasi akhir yang kucar-kacir itu
dengan sesukanya diserahkan kepada
satu ramalan yang betul-betul tak masuk akal
untuk diselesaikan

# 逃難

務須以百分的意志
記錄第一步越境的蒺藜
不知名且最美的風景線
釋放數千公哩第一個死亡印記
是否勝天，天從來只裝飾門面
拋下一大片未卜的乾坤
風雪以後，大漠招搖
胸懷壯闊卻有嘔不出的乾渴
空氣隨意釋出見血封喉的劇毒
從腳前禍延至地極
自由，流下多少血液
冰凍成雪地
燃燒成大漠
依然，向每一個
野外露宿的人
尋找宿主

（2018年4月18日）

# Mengungsi

Mesti dengan seratus peratus keazaman
mencatat rumput berduri yang pertama melangkah menyeberangi sempadan
garisan pemandangan yang tak bernama tapi indah
melepaskan kesan maut yang pertama dalam jarak beberapa ribu batu
sanggupkah ianya atasi langit?
langit tetap hanya tahu menghiasi muka bumi saja
tinggalkan kawasan luas yang ketidakpastian
selepas badai salji, padang pasir datang melagak
bercita-cita besar tapi berdahaga yang tak dapat dimuntahkan
udara dengan sesukanya melepaskan racun yang tiba-tiba mematikan darah
dari depan kaki tersebar ke tanah paling jauh
kebebasan, berapa banyak darah yang ditumpahkannya
membeku menjadi tanah salji
terbakar menjadi padang pasir
tetap juga, hendak mencari tuan rumah
untuk setiap orang
yang bermalam di tanah liar

# 迷途

遠景裡的人影模糊
近景裡的人影不露形跡
迷失在街頭的影子
總想著白天夜裡繁華的夢
理想已越離越遠
像黑暗裡最後一線光
你學習用手一抓
它乍然遁入街頭
再遁入街尾
化為滿街的江湖情
這一戰後
眼睛看著遠景，人影已失
彷彿有一片白白亮亮的光
你無法命名
最後打開它
像第一次查找
曾經迷失的
名字

（2018年4月20日）

# Tersesat Jalan

Bayangan dalam pemandangan jauh itu kabur saja
bayangan dalam pemandangan dekat tak menunjukkan tanda-tanda
bayangan yang tersesat di jalan
sentiasa berfikir tentang mimpi mewah pada siang dan malam
impian semakin jauh
bagaikan sinaran terakhir dalam kegelapan
kau belajar hendak menangkapnya dengan tangan
ianya tiba-tiba lenyap di hujung jalan
jelma menjadi perasaan dunia perjuangan yang memenuhi jalan
selepas pertempuran ini
mata melihat pemandangan jauh, bayangan telah lenyap
seolah-olah ada cahaya putih terang
tak dapat kau namakan
akhirnya dibongkar
buat seperti kali pertama
mencari nama yang pernah hilang

# 再寫迷途

這一戰，人在江湖
遠景看不清
近景從旁掠過
觸動身上最敏感部位
神經線衝出局限
你從近景聚焦一個點
用廣角鏡掃描
從中劃出一條線
伸向模糊的遠景
那裡有你一度緬懷的心
和一套躺著被你遺忘的衣裝
老爸的追問和你的答案
從橋上飄過來
你不住回想
該如何使自己復活
從橋上，走到
對岸

（2018年4月20日）

# Tulis Lagi Tentang Tersesat Jalan

Selepas pertempuran ini, kau betul-betul berada di dunia perjuangan
pemandangan jauh tak dapat dilihat dengan jelas
pemandangan dekat berlalu di sisi
tersentuh bahagian badan yang paling sensitif
saraf menembusi batasan
kau berfokus pada satu titik dari pemandangan dekat
diimbas dengan lensa sudut lebar
dari dalam lukiskan garisan
menuju ke pemandangan yang kabur
di sana terdapat perasaan yang pernah kau rindui
dan juga satu set pakaian yang lama terbaring
telah kau lupakan
soalan terinci bapa dan jawapan kau itu
terapung-apung datang dari jambatan
kau tak berhenti ingat kembali
bagaimana hendak memulihkan diri sendiri
dari jambatan
berjalan sampai ke seberang

# 布達佩斯

布達和佩斯伸出兩岸
多瑙河
左右逢源
遙遠的家鄉
一種剛凝結的心思
千絲萬縷
掛在母親身上
彼岸一盞已亮的燈火
照向曾經的誓言
遙而可及
布達佩斯古老的心牆
終於溫柔坍塌
重組而成異鄉的
遮陽傘
歸去吧
愛，在那兒發酵

（2018年4月21日）

註：布達佩斯Budapest，匈牙利首府，一座非常美麗的城市。

# Budapest

Buda dan Pest menghulur dua buah tebingnya
Sungai Danube
beruntung dari kiri dan kanan
di kampung halaman yang jauh
sejenis fikiran yang baru mengental
mempunyai seribu satu macam pertalian
tergantung pada badan ibu
sebuah pelita yang terang-benderang di seberang
memancarkan sinaran ke atas janji yang pernah diadakan
jauh tapi sampai juga
tembok hati purba Budapest
akhirnya runtuh secara lembut
dirombak semula menjadi payung tanah asing
kembalilah, cinta beragi di sana

---

Nota: Budapest, ibu kota Hungary, sebuah bandar yang sangat indah.

# 離

暖在心裡是人情
積累成形
一座山那麼高
橋那端，他緩緩坐進車裡
眼神伸不出窗外
你的手遙不可及
雪花忽然紛紛飄落
那一刻的神傷
落在曾經惺惺相惜的暖流裡
橋上冷颼颼
一大片雪，凝成
永遠的
記憶

（2018年4月21日）

# Perpisahan

Kehangatan di hati merupakan timbang rasa manusia
bertimbun-timbun menjadi
ketinggian sebuah gunung
di sebelah jambatan itu, perlahan-lahan dia masuk ke dalam kereta
sinar matanya tak dapat dihulurkan ke luar tingkap
tangan kau jauh tak sampai
kepingan salji tiba-tiba turun
perasaan pilu pada saat itu
terjatuh pada aliran hangat yang pernah saling menghargai
di jambatan yang sunyi sejuk
sekeping salji besar, terbeku menjadi
ingatan abadi

# 彩虹

她是你心裡突發的彩虹
絢麗，長在眼神的一瞬間
長長的黃金線拉到你跟前
你要的不是財寶
始終不信書裡的顏如玉
在你的思念裡懷胎
又能永遠成形
夢想開始
夢想結束
之間有個答案
隱藏在創造者的思維裡
你無法關住自己
她也無法關住你
創造者的本意
寂寞裡
自有可行的路

（2018年4月21日）

# Pelangi

Dia pelangi yang wujud mendadak di dalam hati kau
indah, bertumbuh dalam sinar mata pada sesaat saja
sinaran emas panjang ditarik ke depan
apa yang kau mahu bukan intan permata
selama ini tak sekali-kali percaya ada gadis molek dalam buku
yang mengandung dalam fikiran kau
lagi dapat membentuk diri untuk selama-lamanya
impian bermula
impian tamat
antaranya terdapat jawapan
yang tersembunyi dalam fikiran pencipta alam
kau tak dapat menutup diri sendiri
dia juga tak dapat menutup kau
niat asal pencipta alam
sedia ada jalan yang berdaya maju
dalam hidup yang sunyi

# 海洋

很想永遠是你的搖籃
裝滿藍色不是憂鬱
是青天白雲裡的盼望
多想，這麼一搖
搖到很像外婆故事裡的一座橋
橋下有魚蝦
橋邊有武陵的桃花源
雞鴨往來桌上
碟碟飄香
誰料夢裡終究一片蒼茫
什麼時候生魚肉以血液為佐料
稍填一填皮筏裡橫躺著的疲乏
偶爾天助般雨下如酒
醉一醉在遙遠的夢鄉
我釀酒輕醉的計畫
一次給烏雲破壞無遺
太過濃烈的氣味
嗆著我的鼻，令我
打了大大的
一個馬拉松噴嚏！

（2018年4月21日）

# Lautan

Benar-benar mahu menjadi buaian kau selama-lamanya
diisi penuh dengan warna biru bukan melankolik
berupa harapan langit biru dan awan putih
aku terlalu ingin
berkayuh sampai sebuah jambatan yang seolah-olah wujud dalam cerita nenek
terdapat ikan dan udang di bawah jambatan
di sebelah jambatan ialah Tanah Aman Sentosa
ayam dan itik datang pergi di atas meja
setiap pinggan menyebarkan aromanya
tak dijangka impian akhirnya menjadi kabur dan samar
bilakah ikan mentah dimakan dengan darah sebagai bumbu
agaknya mengisi badan yang sungguh letih
terbaring di dalam rakit kulit
kadangkala hujan turun bagaikan arak dari rahmat langit
mabuk sebentar dalam mimpi jauh
rancanganku membuat arak untuk mabuk ringan
kali ini telah dimusnahkan oleh awan gelap
bau yang terlalu tebal itu
buat hidungku terbelahak, dan aku
terbersin kuat ala maraton!

# 傷

我用尺，女人內心的尺度
量一量我和你的距離
從流淚的眼角到我淌淚的心
心花沉寂不願多說一句
不肯透露最接近的終點
烏雲依舊捲著煙霾而來
在律師樓在法庭上
同樣的絕唱令一片片
守候心間的花瓣，掉落
你要從哪兒尋回昨日的歡樂呢
我的花蕾必須找到充足的陽光
拉著你那願意重估自己的手
積蓄一股衝破距離的力量
波濤在不遠地方，轟隆我聽到它的聲響
快到了，而其實已經到了
原來你的確已離開
回到你的天涯去
離開已成形的傷痕
離開我
還密密溢出的
血滴

（2018年4月21日）

# Sakit Hati

Aku gunakan pembaris, skala dalam hati wanita
mengukur jarak antara kau dengan aku
dari sudut mata yang menitiskan air mata ke hati
bunga dalam hati tak mengatakan sesuatu yang lebih
tak mahu mendedahkan tempat berakhir yang terdekat
jerebu masih datang dihanyutkan awan gelap
di rumah peguam di mahkamah
nyanyian terakhir menjadikan kepingan demi kepingan
kelopak yang menanti dalam hati itu, tergugur
di mana kau dapat memulihkan kegembiraan semalam?
kuncupku perlu memperoleh sinaran mentari yang mencukupi
dengan menarik tangan kau
yang bersedia menilai semula diri sendiri itu
kumpulkan tenaga untuk memecahkan jarak
gelombang berada di tempat tidak jauh, terdengar derumannya
hampir tiba, dan sebenarnya dah tiba
ternyata kau memang telah berlepas
kembali ke kaki langit kau
meninggalkan parut yang terbentuk
meninggalkan aku
dengan darah yang masih melimpah

# 偵查

天地之大，只容你一人
在狹窄的地理空間
與時間賽跑
你跑了好像一生
一次次白日與黑夜交頭接耳
貓頭鷹在一旁偷聽
近處遠處朦朦朧朧
一大片光影交疊
交疊成911後可能再堆起的墳塋
你必須緊急越過時間
再把自己置放到每一個
可能的角落
學習比槍彈更快理解
白日與黑夜的暗語
誰是發放暗語的人
誰把暗語塞入炸藥
爆開仇恨的聲響
像平地一聲驚雷
重複
猶有餘懼的過去

（2018年4月21日）

# Siasatan

Besarnya dunia ini, hanya benarkan kau seorang
dalam ruang geografi sempit
berlumba dengan masa
seolah-olah kau dah berlari seumur hidup
berkali-kali siang dan malam berbisik-bisik
burung hantu memasang telinga di sisi
jarak jauh dan dekat kabur saja
wujudnya keadaan cahaya dan bebayang saling bertindih
bertindih-tindih menjadi kubur yang mungkin
ditimbunkan semula selepas 911
kau perlu dengan segera mengatasi masa
letakkan diri dalam setiap sudut yang mungkin
belajar lebih cepat daripada peluru
demi memahami bahasa kod siang dan malam
siapa orang yang memasukkan kod ke dalam bahan letupan
terletusnya bunyi kebencian
bagaikan guruh mengejut di tanah rata
mengulangi
ketakutan lalu yang masih ada

# 米拉貝爾宮和花園

暖暖的春末陽光
躺在已經失色的長椅上
中世紀的宮殿，在前面
懶洋洋地
只想著大主教和他的情人
諸希臘神像
不屑地
把頭一轉
永遠不要回望
唯一車子售賣的
特色冰淇淋
不知不覺
從遊客指間溜了出來
一定是惦記著
瑪麗亞帶著孩子們
如何歡唱
「Do-Re-Mi」

（2018年4月22日）

---

註：米拉貝爾宮和花園Mirabell Palace and Gardens位於奧地利薩爾茨堡的薩爾茨河北岸，建於1606年，是當時的大主教為其情人而建造；也是知名電影《音樂之聲》其中一個拍攝地點。

# Istana Mirabell Dan Taman

Panas nyaman cahaya mentari akhir musim semi
berbaring di atas bangku panjang yang memudar
istana Abad Pertengahan
bermalas-malas di hadapan
hanya berfikir tentang Uskup Agung dan kekasihnya
patung-patung dewa Yunani
dengan pandangan hina
menoleh kepalanya
tak mahu melihat ke belakang untuk selama-lamanya
ais krim yang istimewa
dijual oleh satu-satunya kereta
secara tak sedar
terlepas dari jari-jari pelancong
tentulah memikiri
bagaimana Maria bersama kanak-kanak
menyanyi dengan gembiranya
"Do-Re-Mi"

---

Nota: Istana Mirabell dan Taman terletak di tebing utara Sungai Salzburg di Salzburg, Austria. Ianya dibina pada tahun 1606 oleh Uskup Agung untuk kekasihnya. Ianya juga dikenali sebagai lokasi penangkapan filem " The Sound of Music ".

# 華沙老城

深知夢裡有一雙
被遺忘的手
伸向華沙心臟裡的
落寞景區
近在咫尺
溫柔而貼近
美人魚的心牆
那一把刀
就地取材
日以繼夜
把希特勒的叫囂
一塊一塊地
砌成
歲月未老的
城

（2018年4月22日）

註：華沙老城裡有一座美人魚雕像，手中持刀，日夜守著老城。

# Kota Lama Warsaw

Diketahui bahawa terdapat dalam mimpi
sepasang tangan yang dilupai
telah dihulurkan ke jantung Warsaw
sebuah kawasan indah sepi
pada jarak yang terdekat
secara lembut merapati
tembok hati duyung
pisau itu
mengambil bahan tempatan
siang dan malam berturut-turut
menggunakan teriakan Hitler
secara potongan demi potongan
untuk membina
kota yang belum berusia

---

Nota: Terdapat patung duyung di Kota Lama Warsaw. Dengan pisau di tangannya, kota lama dijaganya siang dan malam.

# 徒步

用老年的心境
測量
一百公哩山路
從現實的距離尋找
昨日
路啊
山高水遠
記憶裡嗖嗖的冷風
忽然嘩嘩來襲的暴雨
深谷中心裡的困獸
都是連線的
暗喻
隨時間湧動
明亮如
歸途

（2018年4月22日）

# Berjalan Kaki

Dengan suasana hati tua
mengukur
seratus batu jauhnya jalan gunung
mencari hari semalam
dari jarak sebenar
jalan itu
tingginya bagaikan gunung dan panjangnya bagaikan sungai
angin sejuk berdesir dalam ingatan
badai hujan berderau melanda tiba-tiba
binatang di dalam lembah hati yang mendalam
semuanya disambungkan dengan
metafora
bergerak dengan masa
cerah seperti
perjalanan kembali

# 邊境

法律必須閉上眼睛
必須在邊境的分界上瞎子摸象
這隻象的每一個骨節暴響
你在聲音以內迷失自我
而我則以千尋的沉靜
感應骨節暴響的後續活動
有遺漏的過去
積累而成一條
長長的通道
我必須穿越
把隱藏在邊境的祕密
還給
公義

（2018年4月22日）

## Sempadan

Undang-undang perlu menutup mata
perlu buat seperti si buta meraba-raba gajah di garis sempadan
setiap sendi tulang gajah berbunyi keras
kau kehilangan diri dalam bunyi itu
dan aku dengan ketenangan yang mendalam
merasai aktiviti susulan selepas letusan bunyi
terdapat masa lalu yang diabaikan
bertimbun-timbun menjadi
sebuah laluan panjang
aku perlu menyeberang
dan mengembalikan rahsia yang tersembunyi di sempadan
kepada keadilan

# 想飛

你想飛
志氣長在別人身上
如何摘下，安全的配套有嗎
下一步棋
你視理想以一種希望守候
等待最純最猛的雄性激素
注入你體內
融入你血液
朝死亡煉獄越界而過
自己的國度
真的控制了嗎
過程沒最後籌碼
你下得很足夠
等待新一輪強力
透過細胞
咆哮
賜你一幅
日月河山

（2018年4月22日）

# Ingin Terbang

Kau ingin terbang
cita-cita bertumbuh di badan orang lain
bagaimana ianya diturunkan, adakah terdapat pakej yang selamat?
langkah seterusnya
kau melihat impian dinantikan oleh sejenis harapan
demi mendapat androgen yang murni dan paling ganas
diinjek ke dalam badan kau
berpadu dengan darah
ke arah neraka kematian kau menyeberangi sempadannya
adakah dunia kau sendiri
benar-benar terkawal?
prosesnya tiada taruhan terakhir
kau telah berusaha sepenuhnya
menanti pusingan kekuatan yang baru
ditengking melalui bindil
dan kepada kau dikurniakan
sebuah gambar langit dan bumi

# 活著

活著
無須與什麼高山較量
匯集自身的力量就是
生命的泰山
天地廣闊
日子排在狹窄的通道
只有適者永遠是英豪
何必登高呢
何必望遠呢
像我俯首的身影
處處可見
隨時走出戶外
隨時吸取陽光水分空氣
自由的腳蹤仍歸我管理
走出去吧，孩子們
外面豺狼已遠遠躲開
四面都是天籟和音
順己者
乃是不敗的鐵甲

（2018年4月22日）

# Hidup

Hidup
tak perlu bersaing dengan mana-mana gunung tinggi
tenaga yang dikumpulkan sendiri adalah
jiwa Gunung Tai
dunia adalah luas
penghidupan tersusun dalam laluan yang sempit
hanya yang paling teguh itu sentiasa menjadi wira
kenapa nak mendaki gunung?
kenapa nak memandang ke kejauhan?
umpama bayanganku yang menundukkan kepala
kelihatan di mana - mana
keluarlah dari rumah pada bila-bila masa
menyerap sinaran mentari, air dan udara pada bila-bila masa
kebebasan jejak langkah masih dalam kawalan sendiri
keluarlah, anak-anak
serigala di luar telah melarikan diri
sekeliling penuh dengan bunyi alamiah yang harmoni
manusia yang menuruti kemahuan sendiri
adalah perisai yang tak dapat diatasi

# 鞋子

把人生放進鞋子
衡量小人物的輕重
個個輕如鴻毛
你頂著一座座泰山
循著筆直的道路
尋找你要的鞋子
不回頭，不盲隨
處處，都不是山水
處處，沒有新景開路
是鬼域嗎？是魔界嗎？
……

緩慢的
踢踏，踢踏，踢踏聲中
終於走到久別的
自家門檻
推門一看
門裡有一頭白髮
和一個，開始腐爛的
自己

（2018年4月23日）

# Kasut

Letakkan kehidupan dalam kasut
berat ringan orang kecil diukur
semuanya ringan seperti bulu angsa hutan
kau menjunjung Gunung-gunung Tai
mengikut jalan lurus
mencari kasut yang kau mahukan
tak menoleh ke belakang, tak mengikut dengan butanya
di mana-mana pun, tiada pemandangan gunung dan sungai
di mana-mana pun, tiada situasi baru untuk menempuh jalan
adakah ianya kawasan hantu? Adakah ianya tanah iblis?
......

perlahan-lahan
dalam bunyi ti-da, ti-da, ti-da
akhirnya berjalan sampai
ke bendul pintu sendiri yang telah lama berpisah itu
pintu ditolak
kelihatan satu kepala yang penuh beruban
dan dirinya yang mula membusuk

# 自閉

是遊戲嗎？怎麼都
沉默不語
是活結嗎？怎麼都
糾纏不清
近處有硝煙
我的心
豎起炮火了嗎？
屋裡屋外
都是心裡
炸不掉的石塊
是遊戲嗎？我怎能
以自己的工具
破解阻塞的訊號
戰爭的風聲吃緊了
我忙於搜尋一線
解放的希望
心的黎明，在望了嗎？
國家英雄的形象
忽然跳進我的眼簾
高聲一喊
我委頓在地
遊戲閉幕
裡面的傷痕
誰知道？

（2018年4月24日）

# Autistik

Adakah ianya permainan? Kenapa semuanya
diam-diam saja
adakah ianya simpul hidup? Kenapa semuanya
masih berbelit-belit
wujudnya asap perang berhampiran
adakah hatiku
telah didirikan meriam?
di luar dan dalam rumah
penuh dengan batu-batu dalam hati
yang tak dapat diletupkan
adakah ianya permainan? Bagaimana boleh aku
gunakan alat sendiri
menghuraikan isyarat yang tersekat
khabar tentang perang semakin dekat
demi pembebasan
aku sibuk mencari sekilas harapan
adakah fajar hati itu dalam pandangan?
imej wira negara
tiba-tiba melompat ke dalam mataku
berteriak dengan kuatnya
aku lemah duduk di atas lantai
permainan berakhir
siapakah tahu
bekas luka di dalamnya?

# 極樂空間

貧在地上如地獄行屍
富在空中如極樂仙子
遙望天庭地帶
唾液流遍四野
螻蟻尚且偷取能量
貧民夢中觸摸遠景直達雲霄
蜀道難上呀青天只可遙望
必須把奇想突變為謀略
一股勁以血肉往上闖關
抵擋強橫的絕殺
吸一口特別清涼的空氣也好
分一杯想像中的羹也好
疆界必須澈底撕裂
從地上一條
貧民線
開始

（2018年5月17日）

# Ruang Syurga

Miskin di bumi, seperti bangkai berjalan di neraka
kaya di udara, seperti bidadari hidup di syurga
melepaskan pandangan ke kawasan kayangan
air liur mengalir ke seluruh tempat di sekitar
semut pun masih mahu mengaup tenaga
orang miskin menyentuh visi dalam mimpi hingga ke angkasa
amatlah sukar hendak menaiki jalan Sichuan
langit biru hanya dapat dipandang dari jauh
mestilah mengubah idea luar biasa menjadi strategi
dengan darah dan daging terus saja menembus masuk
menentang pembunuhan yang kejam
baik juga kalau dapat menarik udara sekali yang dingin
baik juga kalau mendapat secangkir sup yang diidamkan
sempadan mestilah benar-benar dikoyakkan
bermula dari
satu garisan miskin
di atas bumi

# 籠

自由，夢在天空
做白日的飛翔
一雙翅膀，搧動
籠子裡的風向
匯成聲音的山洪，叫嘯
外面有草味，有果香
飄呀飄，永遠飄緲
你和我，以同樣的名字
問鼎小小的中原
情節仍在進行
劇場擴大
你我依然渺小
以渺小的身體
填補人間慾望
人，在圍攏
牆，越砌越厚
你我，以另一種聲音獻禮
以籌碼陪葬
飛翔是夢嗎
夢能終結嗎
籠子高懸
能自我焚化嗎
讓灰燼淹沒白日
與暴雨同在
洗刷

（2018年5月17日）

## Sangkar

Kebebasan, bermimpi di langit
buat penerbangan siang hari
sepasang sayapnya, mengipaskan
arah angin dalam sangkar
bercantum menjadi bunyi banjir pegunungan yang bergemuruh
di luar ada bau rumput, ada keharuman buah-buahan
terapung-apung, hilang-hilang timbul selama-lamanya
kau dan aku, dengan nama yang sama
bersaing di tanah kecil
plot masih berlangsung
teater luas berkembang
kau dan aku masih kerdil
dengan badan yang kerdil itu
mengisi nafsu duniawi
manusia, datang mengelilingi
buat tembok semakin tebal
kau dan aku, mempersembahkan suara jenis lain
dikebumikan bersama taruhan
adakah penerbangan itu merupakan mimpi?
bolehkah mimpi itu berakhir?
sangkar tergantung tinggi
dapatkah ianya membakar diri?
biarkan abu menenggelami siang hari
membasuh
bersama-sama dengan badai hujan

# 巴克小橋

車子拒絕人情
讓你我的腳力慢慢尋覓
最好別刻意留下足跡
隨意漫步就好了
這邊的市鎮
和那邊的廣場
不能連線，成為
地久天長
倏地，眼前一亮
從心裡奔出一個鎖
緊靠橋欄
與兩旁早已落足的心思
爭擠一個空間
遙望春濃的天空
雲有心
撲通一聲
給寧靜的河水
投下一枚
鑰匙

（2018年5月18日）

註：巴克小橋Buck Bridge，位於奧地利薩爾茨堡，是薩爾茨堡的「情人橋」。

# Buck Bridge

Kereta menolak timbang rasa manusia
biarkan kau dan aku perlahan-lahan mencari dengan kekuatan kaki
lebih baik usahlah berusaha untuk meninggalkan jejak
hanya pergi berjalan-jalan sesuka hati
pekan di sebelah ini
dan dataran di sana
tak dapat disambungkan menjadi
hubungan kekal abadi
tiba-tiba terpancar sinaran di depan mata
dari hati berlari keluar sebuah kunci
bersandar rapat pada pagar jambatan
bersaing dengan idea yang lebih awal menetap di dua belah
menghimpit-himpit untuk mendapatkan ruang
melepaskan pandangan ke langit musim semi
awan berhati
jatuh menggelepung
berikan air sungai yang tenang
sebatang anak kunci

---

Nota: *Buck Bridge*, terletak di Salzburg, Austria, merupakan "jambatan kekasih" di Salzburg.

# 回望珠穆朗瑪峰

你的腳越靠近雪的心臟
訊號忽然停歇
飲一半的風雲已足夠
此生有所願亦有所怨
畢竟天地還有寬厚一面
一面之緣就此半途打住
你的顏面並非白得一無所有
一個拾回來的身軀
藏著不堪回首的記憶
風雲變幻後殘留的希望
深埋在白茫茫的心境裡
此生如還有所求
夢，已不成峰

（2018年5月21日）

# Melihat Kembali Ke Gunung Everest

Kaki kau semakin mendekati jantung salji
isyarat tiba-tiba berhenti
minum separuh daripada situasi yang bergolak dah mencukupi
kehidupan ini mempunyai harapan dan juga aduan
lagipun, langit dan bumi masih bermurah hati
pertemuan kali pertama berhenti di separuh jalan
wajah kau tidak putih seperti kehilangan segala-galanya
sebuah badan yang dipungut kembali
tersembunyi kenangan tak sanggup diingati
sisa-sisa harapan yang tertinggal selepas perubahan situasi
dikebumikan dalam keadaan hati yang warna putih liputi
kehidupan ini sekiranya masih ada permintaan
mimpi, takkan memuncak lagi

# 黑夜

黑夜深沉無涯
異類潛伏於幽暗
爭搶一口熱血
冷冷的軀幹自成
一個宇宙
在它核心裡擴大
至界外
一飆就是千萬哩
慾念瘋狂迎迓
當所有沉睡的逆道
重新導航
版圖必沿路繪製無疆界
是否一蹴成沙場
在茫茫中撒下
一攤一攤的血
熱乎乎傳送到
早已僵冷的街心
而越往深處探索
每一個懸浮的生命
都繫在同一條命運線
尋覓在黑夜的
十指之間
結局
從頭設計

（2018年6月1日）

# Malam

Malam gelap tanpa batasan
makhluk asing mengintai melalui kegelapan
bersaing untuk merampas seteguk darah
tubuh sejuk buat dirinya
bagai alam semesta
yang berkembang dari terasnya sendiri
ke luar sempadan
sekali memecut dah sampai jarak beribu-ribu batu
disambut oleh nafsu dengan gilanya
apabila segala jalan songsang
bertolak semula
di sepanjang kawasan kekuasaan mesti disusunaturkan
sempadan tanpa sekatan
adakah sekali terpijak akan terjadi medan perang?
dalam keadaan samar-samar itu
setompok demi setompok darah dibuang
dihantar dengan hangatnya
ke pusat jalan yang kesejukannya telah membeku
dan dengan diterokai lebih mendalam lagi
setiap jiwa yang tergantung dan terapung-apung ini
telah terikat pada garis takdir yang sama
dicarinya antara sepuluh jari kepunyaan malam
mesti kesudahan itu
direkabentuk semula

# 冬日記憶

雪花依然飄落，貼在心上
積累成山、成海、成宇宙、成無垠
多少年後，那唯一的邂逅，成永恆
默默，是天地；甦醒，是隱祕的心
在那苦寒、寂寥之夜
一路尋跡的你，穿越時空甬道
迎迓一路奔放的雪白
很多很多年後的，今天
在那已經變異的舞臺上，一切
仿如人面，仿如桃花；你，仿如
舊時總記著要回巢的燕
而那飛翔的白，與茫茫的穹蒼
始終是，不死的意象
飄飄然，就像那，天成的佳偶
多少年後的將來，仍然會擁抱著，同一個夢
夢裡，仍然有你，也有一個她
在永不消融的冬日，屹立為神話

（2018年6月1日）

# Kenangan Musim Sejuk

Salji masih berterbangan terlekat pada hatiku
berhimpun menjadi gunung, menjadi lautan, menjadi alam semesta
menjadi hingga tiada batasan
beberapa tahun kemudian, satu-satunya pertemuan
yang di luar sangkaan itu, menjadi kekal abadi
yang diam ialah langit dan bumi; yang terbangkit
ialah hati tersembunyi
pada malam yang sejuk dan sepi sekali ini
kau yang mencari di sepanjang jalan, dengan melalui ruang masa
menyambut warna putih metah yang bebas leluasa
bertahun-tahun kemudian, pada hari ini
di atas pentas yang telah berubah rupa, kesemuanya
bagai muka manusia dan bunga-bungaan dalam kenangan
kau, umpama burung layang-layang masa dulu
yang selalu ingat untuk kembali ke sarangnya
dan warna putih yang berterbangan
dengan langit samar-samar yang terbentang luas itu
sentiasa menjadi imej abadi
terapung-apung bagaikan pasangan suami isteri
yang bersepadan buat Tuhan
beberapa tahun kemudian masih akan memeluk mimpi yang sama
dalam mimpi, masih ada aku dan dia
pada musim sejuk yang tak meleleh itu, menjadi mitos

# 美好的缺陷

靜靜的宇宙，靜靜傾聽
生命的脈動，靜靜起伏
起伏於星與星之間的聯繫
沒有一顆星，潔淨如晴朗的天空
沒有一個人間，可以抱住永恆不朽
缺陷，即便如癌突變
加劇擴散至天的四邊
星與星依舊
堅持表白
那曾經的相知
彼此曾經相擁以光遞進
將藏在身上的汙點
節節升華為
眾生救贖的
能源

（2018年6月1日）

# Kecacatan Yang Indah

Alam semesta yang sunyi mendengar dengan senyapnya
denyutan hidup, naik turun secara tenang
naik turun antara hubungan bintang dengan bintang
tiada sebutir bintang, bersih seperti langit yang cerah
tiada sebarang dunia manusia dapat memeluk keabadian
kecacatan, walaupun bagaikan kanser yang berkembang mendadak
penyebarannya ke sisi langit diperhebat
bintang dan bintang masih
tetap mahu membuat pengakuan
tentang perkenalan yang pernah dialami
pernah saling berpelukan dan maju dengan sinaran
peringkat demi peringkat
noda yang tersembunyi dalam badan dinaikkan
menjadi tenaga menebus dosa
untuk mencapai distilasi
segala makhluk hidup

# 防線

有時，防不勝防是魔鬼的網
信號如紅燈
亮在每一個角落
你設下防線，看著
天際的太陽降落
當黑夜一瞬間來到
你拾起曾失落的勇氣
給風聲鶴唳照鏡
鏡中有你巡邏的鷹眼
看出蛛絲馬跡的危險
衝擊生命的長堤
家園，你以及你的家人
隨著人為的色彩控制
黃與綠燈漸漸式微
你獨自強用拳頭
封鎖狂暴的情節，以及
人性暗處的窄路
防線，在夜裡
等待全綠的燈
亮起

（2018年6月1日）

# Garis Pertahanan

Kadangkala kesukaran dalam pertahanan merupakan jaring setan
isyaratnya seperti cahaya merah
cerah di setiap sudut
kau menetapkan garis pertahanan dan memandang
matahari cakerawala turun
apabila malam datang mendadak
kau mengembalikan keberanian yang hilang
biarkan keadaan panik dan waswas itu dicerminkan
di dalam cermin terdapat mata helang yang meronda
dapat melihat petunjuk dan jejak bahaya
menghempas tambak hidup
kampung halaman, kau dan keluarga kau
berada dalam kawalan warna manusia
lampu kuning dan hijau merosot beransur-ansur
kau terpaksa gunakan penumbuk sendiri
menyekat plot yang ganas, dan juga
jalan sempit dalam kegelapan kemanusiaan
garis pertahanan pada waktu malam
menunggu semua lampu hijau
menyala

# 現代殭屍——記中國人喝鹿血

有人研究血液的模擬性
從健康到長生不老
可以源自一個小小的鹿角
從有形到形而上學，這一課
必須列隊學習
幾滴，難解內心對傳統醫學之渴
要不斷滲出，最好是——噴
那種豪飲的姿勢，才是
殭屍最好的立姿
幾千年中國人的形而上學
竟然僵立起來了

（2012年10月7日）

## Zombie Moden ——Ingat akan orang Cina minum darah rusa

Sesetengah orang mengkaji analogi darah
dari kesihatan ke hidup kekal abadi
boleh diturunkan dari sebatang tanduk rusa yang kecil
dari bentuk ketara ke metafizik, pelajaran ini
perlu berbaris untuk belajar
beberapa titisan, sukar untuk memahami kedahagaan
terhadap perubatan tradisional
mahu terus merembes keluar, dan paling baik ——memancut
postur kuat minum semacam itu
adalah kedudukan terbaik *zombie*
metafizik Cina yang beribu-ribu tahun itu
berdiri kaku sampai demikian rupanya

# 駱駝遊戲

晨時五點半，仍把關的惺忪
準時解禁，而月的魅影
一把尺按在峰頂上
量一量，比昨日
更矮一些

十點半的月，依時爬上峰
魅影撒網，網住所有羈留的腳印
鎂光與峰影，延續一場馬拉松
捕獵不能再駝的軀體
留下黃金周點算不完的
黃金記憶

而之後，這個風景區
流傳一則神話
有員工張膽，把多個忽然
從土裡長出的
小小山峰
像垃圾一樣，鏟平

那是那一晚
午夜過後的事

（2012年10月8日）

# Permainan Unta

Pada 5:30 pagi, kesuraman mata yang masih berjaga itu
tepat masa larangannya dimansuhkan
dan daya pemikat bayangan bulan
dengan sebatang pembaris ditekan pada puncak
diukur, lebih pendek
berbanding semalam

Bulan pada 10:30 malam, naik puncak tepat waktu
daya pemikat bayangan mencampakkan jaring
dan dijaringkannya segala tapak kaki yang tinggal
cahaya magnesium dan bayangan puncak
meneruskan pertandingan maraton
memburu badan-badan yang tak dapat dibongkokkan lagi
tinggalkan kenangan emas yang tak habis dikira
dalam minggu emas itu

Selepas itu, tempat yang indah ini
tersebar sebuah mitos
terdapat pekerja-pekerja yang sungguh berani
buat seperti membuang sampah
habis meratakan beberapa bukit kecil
yang tiba-tiba tumbuh dari bumi

Itulah kejadian
selepas tengah malam itu

語言文學類　PG2132　秀詩人40

# 暫時安全
## ——潛默雙語詩集 Keselamatan Sementara

作　　者 / 潛默（Chan Foo Heng）
譯　　者 / 潛默（Chan Foo Heng）
責任編輯 / 林昕平
圖文排版 / 周妤靜
封面設計 / 王嵩賀

發 行 人 / 宋政坤
法律顧問 / 毛國樑　律師
出版發行 / 秀威資訊科技股份有限公司
114台北市內湖區瑞光路76巷65號1樓
電話：+886-2-2796-3638　傳真：+886-2-2796-1377
http://www.showwe.com.tw
劃撥帳號 / 19563868　戶名：秀威資訊科技股份有限公司
讀者服務信箱：service@showwe.com.tw
展售門市 / 國家書店（松江門市）
104台北市中山區松江路209號1樓
電話：+886-2-2518-0207　傳真：+886-2-2518-0778
網路訂購 / 秀威網路書店：https://store.showwe.tw
國家網路書店：https://www.govbooks.com.tw

2018年11月　BOD一版
定價：250元

國家圖書館出版品預行編目

暫時安全：潛默雙語詩集 / 潛默著.譯. -- 一版.
-- 臺北市：秀威資訊科技, 2018.11
面；　公分. -- (語言文學類)(秀詩人；40)
BOD版
ISBN 978-986-326-612-9(平裝)

868.751　　　　　107016867

# 讀者回函卡

感謝您購買本書，為提升服務品質，請填妥以下資料，將讀者回函卡直接寄回或傳真本公司，收到您的寶貴意見後，我們會收藏記錄及檢討，謝謝！
如您需要了解本公司最新出版書目、購書優惠或企劃活動，歡迎您上網查詢或下載相關資料：http:// www.showwe.com.tw

您購買的書名：________________________________

出生日期：________年________月________日

學歷：□高中（含）以下　□大專　□研究所（含）以上

職業：□製造業　□金融業　□資訊業　□軍警　□傳播業　□自由業
□服務業　□公務員　□教職　□學生　□家管　□其它_____

購書地點：□網路書店　□實體書店　□書展　□郵購　□贈閱　□其他

您從何得知本書的消息？

□網路書店　□實體書店　□網路搜尋　□電子報　□書訊　□雜誌
□傳播媒體　□親友推薦　□網站推薦　□部落格　□其他__________

您對本書的評價：（請填代號　1.非常滿意　2.滿意　3.尚可　4.再改進）

封面設計____　版面編排____　內容____　文／譯筆____　價格____

讀完書後您覺得：

□很有收穫　□有收穫　□收穫不多　□沒收穫

對我們的建議：________________________________

________________________________

________________________________

________________________________

請貼
郵票

11466
台北市內湖區瑞光路 76 巷 65 號 1 樓
**秀威資訊科技股份有限公司** 收
BOD 數位出版事業部

（請沿線對折寄回，謝謝！）

姓　名：＿＿＿＿＿＿＿＿ 年齡：＿＿＿＿ 性別：□女 □男

郵遞區號：□□□□□

地　址：＿＿＿＿＿＿＿＿＿＿＿＿＿＿＿＿

聯絡電話：(日) ＿＿＿＿＿＿＿＿ (夜) ＿＿＿＿＿＿＿＿

E-mail：＿＿＿＿＿＿＿＿＿＿＿＿＿＿＿＿